現代小說家的
創作美學與
敘事風景

The Creative Aesthetics and Narrative Landscape
of Contemporary Novelists

―――― 蔡知臻 著

秀華文創

從臺灣出發，連結香港以及中國大陸現當代的小說創作及美學展示，是本書的終極關懷。

以更新穎之角度探究不同小說家自身的寫作脈絡，重新建立小說家的創作系譜，展示其代表性與在文壇上的歷史意義與美學價值。

推薦序一

　　欣聞知臻要出新書了！知臻不只寫詩、評詩，佳績豐纍，亦對小說敘事有獨到的見解。本書《現代小說家的創作美學與敘事風景》即為實證。知臻可以說是臺灣當代青年學者中，雙棲現代詩與現代小說領域且遊刃有餘的佼佼者。

　　現代小說家與其小說如何現代、怎麼現代，一直是現代小說研究論域中相當關鍵的基本問題。而小說作為現代文學類型中最具可塑性的敘事形式，以虛構為真實，以遊戲為真理，小至生活日常、個人心志，大至觀照現實、寓言人間；生命中最不能承受之輕、時代難以負荷之重，都在敘事與故事中，盡收眼底。小說家以書寫啟動故事，每一個啟動之瞬間都指向一個故事的完成；而書寫的欲望更是指涉了所有的可能敘事，在每一個敘事的未完成與完成之際，藏匿著的是敘事策略所留下的美學軌跡。知臻的詩人敏銳之心與學術探究之力，成就了本書最值得閱讀的風景。

　　本書精選了翁鬧、白先勇、宋澤萊、黃碧雲、戴厚英等來自臺灣、香港與中國大陸的五位小說家與其代表作品與相關影視戲劇改編，除充分展現出該書所提供的跨地域與跨時代的研究視野，也透過精彩細緻的文本分析與敘事意旨探討，以及文學改編影視的轉譯問題，步步推敲、層層解析，呈現這些華文現代小說的多樣風貌，展現其獨特的創作美學與時代意識。

　　以翁鬧而言，一般論評都會特別強調翁鬧之於〈天亮前戀愛

i

故事〉中私小說與現代主義敘述的共構特質,但是本書的切入視角卻從翁鬧受到日本新感覺派的影響,而在社會現實主義所關注的「底層書寫」的取材上,「接壤、混合」「現代主義敘述」的異質元素,並試圖探討兩者的互動關係;而在小說人物的選擇上,翁鬧更是臺灣殖民時代作家中少見地以身心障礙者作為書寫對象,並以現代主義手法處理該人物的內在世界,以此穿梭在現實生活事件的寫實敘述,以此凸顯出身心障礙者之於社會底層的雙重卑微與弱勢。

除了關注小說的內容與敘事策略,本書另一大特色是特別針對臺灣文學與影視的跨媒介轉譯現象,提出研究論述。以白先勇〈一把青〉、〈孽子〉為例,相互對照小說原著與影視戲劇之間的敘事差異,細膩分析兩者之間所發生的「文本轉譯」(intersemiotic translation)現象,尤其在小說改編為影視作品如何呈現原著主題精神,而影像媒介如何影響讀者／觀眾對文本的詮釋,以及兩者之於時代再現的現代主義美學性精神現代性問題,都有相當精彩的分析論述。

此外,關於現代主義敘事風格與懷舊書寫,改編後的影像文本在人物設定、故事結構等改動,反映出不同的敘事需求,以及文學與影像在不同媒介下建構故事與情感的文本分析、敘述觀點轉化、影像視覺符號如何再現小說的情感氛圍等論析討論,不只提出豐富細膩的研究洞見,也在研究方法上更好地結合文本分析與媒介轉譯的整合研究優勢,具有兼備啟迪與深化的拓展潛力。

而宋澤萊的研究則聚焦在其代表小說《血色蝙蝠降臨的城市》,試圖從「創傷」的角度重新詮釋其文本意涵,並與魔幻寫實、宗教象徵、歷史記憶等主題進行對話。研究指出宋澤萊的文

推薦序一

學創作可分為現代主義、鄉土寫實、政治書寫與魔幻寫實四個時期，並認為「變化多端」是其創作特色之一。透過創傷與魔幻寫實的理論連結，展開「神聖與魔鬼的辯證」，挑戰既有的政治與宗教互構的敘事詮釋框架，從創傷理論切入宋澤萊的魔幻寫實小說，並與過往的宗教、後殖民、敘事學研究形成互補，也明確評價出宋澤萊之於臺灣政治小說的書寫開拓意義。

相對於宋澤萊《血色蝙蝠降臨的城市》中個人創傷與歷史傷痕的交織，以及宗教與魔幻寫實的敘事策略如何展現創傷經驗的觀點論述，針對香港作家黃碧雲《七宗罪》小說研究，則從《七宗罪》七個獨立但主題相關故事所對應基督教傳統饕餮、懶惰、忿怒、妒忌、貪婪、好欲和驕傲等七宗罪，考察小說中角色在現代都市環境中的行為與心理，分析資本主義社會如何影響人性，並導致各種罪行的產生，充分討論黃碧雲對現代女性書寫與罪的重新詮釋，以及宗教意識之於現代主義文學書寫所展現的啟發意義。

戴厚英的長篇小說《人啊！人》作為中國新時期文學中探討文化大革命（文革）議題的重要作品，本書則回歸小說的寫作與敘事方法，探究《人啊！人》的論述表現如何再現文化大革命中的歷史與集體記憶。透過現代主義個體書寫的藝術觀點與「眾聲喧嘩」敘事策略的雙重論述結構，深入探討知識分子在文革創傷期間的多元記憶與複雜情感；在戴厚英之於文革創傷的人道主義書寫的論述框架基礎上，深刻剖析戴厚英對於時代中個體與集體創傷經驗中人性復甦與自我救贖的文學價值與意義；層層論述交鋒之處，皆見評論者的深刻同理與嚴謹分析。

本書最後探討的小說家與作品為王祥夫與史鐵生筆下的〈半

截兒〉與〈命若琴弦〉，以中國當代殘疾文學為研究基底，比較分析健全作家與殘疾作家對於殘疾書寫的差異，並且重新定義殘疾文學的內涵。研究指出兩篇小說共同反映當代社會對殘疾人與其生活的想像與描摹，亦有健全作家著重外觀描摹向度的社會困境，而殘疾作家更重情慾與內在書寫特質的社會現實困境。兩者迥異的敘事策略與文本風貌，也凸顯出將殘疾經驗視為「他者」觀察書寫與轉向內在注視的意識書寫等對立特質。從藝術心理學的角度來看，健全作家的殘疾書寫傾向於外在的描繪與社會關懷，強調客觀世界對殘疾群體的影響；而殘疾作家的書寫則更強調內在心理世界，透過象徵與隱喻建構精神性的敘事空間，使文本更具個體性與哲思性。這種差異不僅豐富了殘疾文學的美學層次，也提供了多維度理解殘疾經驗的可能性。若從現代主義與藝術心理學的角度切入，也會發現殘疾文學不僅是對社會現象的再現，更是對個體意識、身體感知與生存本質的探問。健全作家與殘疾作家在書寫策略上的分野，使殘疾文學成為一個複雜而豐富的領域。

　　基於前述之理由，本人誠意且鄭重推薦蔡知臻《現代小說家的創作美學與敘事風景》。

陳康芬

中原大學通識教育中心副教授
暨全球客家與多元文化研究中心主任

推薦序二：十年辛苦不尋常

　　與蔡知臻博士結識的時間點，其實印象已然模糊，忘了在數年前哪個會議上始有面對面的交流；但當時還在中興大學中文系博士班求學的我，早已久仰這位師大國文系研究現當代文學的亮眼新秀。其勤勤懇懇、著作等身，時常可在一些發表場域見到他的大作或身影，除了新詩領域著力最深而成為其博士論文的研究方向外，於小說、紀錄片或影視作品的探論上，也是成績斐然，令人佩服。這兩年，由於教學工作的關係，我與知臻博士的接觸逐漸頻繁，不時討論一些教學或研究上的挑戰及方向，並常常讓我收穫良多。當此次其出版的新書——《現代小說家的創作美學與敘事風景》邀請我撰寫序文時，實在感到誠惶誠恐，畢竟個人才疏學淺、胸無點墨，而且應有更多師長或學術先進適合擔任推薦人，自己深怕無法勝任；不過，換個角度想，若能搶先拜讀，不啻為一種新的學習，因此便接下這項艱鉅任務，希望藉此在現當代小說的探討上有所啟發。

　　作者在自序中提及這些研究篇章本是在不同時期撰就，橫跨自大學到博士班約莫十年的求學歷程，並在擔任教職後的近期進行大規模改寫，力求章節架構之風格能夠一致，以及讓問題意識、研究方法、內容陳述更為完善。這讓筆者心有戚戚焉，想到自身的經驗之外，亦聯繫到《紅樓夢》甲戌本裡的詩句：「字字看來皆是血，十年辛苦不尋常」，雖然寫作不一定是血淚斑斑，

但每個字卻也都是苦思過後的心血結晶；在十年後的此刻重新回觀，正可感受這一條研究道路走來的不易和艱辛，還有路途上所獲致的喜悅與美好。

在研究題材的擇選上，本書雖不可能面面俱到（實際上任何書籍皆然），卻也寓有重要涵義，如中國作家戴厚英、王祥夫於臺灣的中國現當代文學研究中便相當罕見，知臻博士著意於此，興許是宛如星探一般，看見了探究的潛力與價值，甚至有引介給本地讀者的作用；至於學術界對翁鬧、白先勇、宋澤萊、黃碧雲與史鐵生等臺、港、中之作家、作品論析頗豐，但如同現今仍有不少從事李白、杜甫、蘇軾等名家研究的學者，總有源源不絕的嶄新觀點可供切入，於是作者從身心障礙、創傷書寫、宗教教義、影像轉譯等面向加以詮釋，便也正好與既有文獻對話及開展具有新意的析論路徑。

在筆者閱畢本作後，深覺此書企圖宏大，除了把焦點從日治時期延伸至 21 世紀後的當代，更是將視野自臺灣擴及香港、中國等地，有著跨越時間與空間等特徵。就時間來看，近現代臺灣經歷了日本統治、國民政府來臺乃至 2000 年政權轉移等重要時期，當中曾發生過白色恐怖和解嚴等政治事件，還有西方思潮在臺灣的傳播跟移植，這在在影響到文學創作的風氣，使得現實主義、現代主義、魔幻寫實、後殖民主義等眾多思潮在臺灣文學史上的不同階段多元紛陳，織構出蓬勃的發展圖景。作者於書中聚焦翁鬧如何透過現代主義筆法展現對弱勢族群之關懷、白先勇〈一把青〉、《孽子》等文本怎麼被轉譯成當代電視劇和電影，還有宋澤萊怎樣在《血色蝙蝠降臨的城市》思考宗教與個人、歷史創傷之間的關聯，觸及到作家對國族主體性的思索，以及故鄉

記憶、性別樣態跟時代氛圍要在大銀幕以何種姿態再現（representation）於觀眾眼前之課題，均值得持續細思與重省。

此外，從地域觀之，此書更從臺灣本地出發，進一步關注到香港作家黃碧雲和中國作家戴厚英、史鐵生與王祥夫。黃碧雲對人性有諸多刻劃，書裡對其早年小說《七宗罪》加以探析，且從宗教角度思考罪行與人之間的連結，有哲學思辨之意蘊。至於戴厚英的《人啊！人》，則以中華人民共和國成立後的關鍵事件——文化大革命為背景，透顯作者如何回省這段有重大影響的歷史記憶，此可與文革後盛行的傷痕文學並觀、對讀，讓讀者理解這場深深改變中國、世界局勢的政治運動怎麼透過文學再現出來；史鐵生、王祥夫則是皆對身心障礙議題有深入關懷，但知臻博士體察到二位作家的身分狀態有其差異，前者雙腿癱瘓，後者則為健全人士，他們在描繪相關人物與敘事情節時，或許就會有不同向度的觀看方式，進而塑造出相貌各異的角色形象，這在研究方法上著實提醒我們不能以單一視角來討論，而是要細緻爬梳作家生命與時代背景、社會風潮的關係，如此方可更為細緻且不流於主觀地去討論作品。

整體來說，若是初入中文、臺文學門且對現當代文學有興趣，卻無法順利進入研究之門者，此書當可作為富參考價值的研究論著，從探討緣起、文獻回顧再到論題探究、收尾總結，皆具有示範作用；此處並不是說要依樣畫葫蘆或是刻意模仿，但或許能夠從書中架構去思考自身的研究論文可以怎麼撰寫，甚至如何形成自己的寫作風格。又如果是嫻熟於臺灣、香港與中國等地文學的研究者，亦可經由閱讀此著作，開啟更多層次的對話及研討可能。這本著作相信是知臻博士在研究工作上的重要里程碑，但

若依照他對於學術的熱情和衝勁，定會在不久的將來，看到他繼續出版更多的學術成果，而我一直是這麼深切期待著。

陳木青

國立臺中科技大學通識教育中心
兼任助理教授

自　序
現代小說家的創作風景：從日治到現當代、從臺灣到世界

　　現代小說家的創作總是能在作品當中展現不同的美學觀以及創作的敘事策略，無論身處何時、年代為何，在文學場域當中，小說作為大眾接受度較高的創作文類，總是能帶給讀者許多不同體驗與感動。本書梳理七位臺灣、香港，以及中國大陸的現代小說家之小說作品，依照章節順序依序為翁鬧（1910-1940）、白先勇（1937-）、宋澤萊（1952-）、黃碧雲（1961-）、戴厚英（1938-1996）、王祥夫（1958-）、史鐵生（1951-2010）。其中翁鬧、白先勇與宋澤萊為臺灣小說家，黃碧雲為香港小說家，而戴厚英、王祥夫與史鐵生為中國大陸小說家。除了翁鬧的小說原本為日文書寫，後來翻譯成華文出版之外，其他六位作家的書寫皆以華文創作並出版。本書的撰寫期間長達十年左右，第一篇誕生的初稿為黃碧雲的文章，是筆者在就讀大學期間就已寫出的研究，但因當時仍為大學生，所以寫作的內容與討論仍相當不成熟，回頭檢視還真是需大幅度修改，才能於專書出版。

　　綜覽這七位筆者所研究的小說家，有些名字在臺灣學界當中仍不是特別有名，有的赫赫有名，前者如戴厚英、王祥夫等，後者如翁鬧、白先勇，為何在研究的時候會有作家選擇落差較為懸殊的狀況？可能會有其他學者或是閱讀者會有這樣的疑問。筆者

i

認為，這個問題對於這本書來說是不存在的，就小說研究而言，研究過的文本仍然可再深究探討，而沒有研究過的作家或文本，則可作為研究的先行者，以初探的方式進行討論，自身的研究成果可供後人參考，或引用，也是相當好的現象。且本書所收入的小說家，時代跨足甚遠，從日治時期到現當代時期，地域也是，從臺灣到香港，再到中國大陸，身為一位以臺灣文學研究自居的研究者，此書的出版對於筆者而言是一個挑戰，除了挑戰自己的研究跨度之外，也希望不同領域的學者也能對這本現代小說論述給予一起指導與啟示，尤其是香港小說研究以及中國當代小說研究的專家。

　　本書探究多位現代小說家的小說作品，從不同主題的書寫脈絡與代表作品思考其人以及其作品中的創作美學與時代意識下的歷史背景。筆者從碩士班期間開始接觸臺灣文學與現當代文學的文本並撰寫相關研究，雖然筆者的碩士以及博士論文未用「現代小說」為題探究，但對小說研究仍有其執著，並且在教學的過程當中，也多使用現代小說為課程教材，反而散文與新詩較少。對現代小說的觀察，從臺灣放眼香港，以及中國大陸，小說家帶給我們的總是一次又一次的驚喜與驚訝，也因於求學階段修習許多課程，經過許多師長的指點與啟發，完成相關的小說研究論述，這也是本書撰寫的起點。例如於臺灣師範大學臺文系讀碩一時，修習許俊雅教授的「日治時期臺灣小說專題」課程，閱讀到翁鬧的小說作品，並於課上做了專題導讀與報告，於是對翁鬧的小說想進一步探究與思考，筆者便另闢蹊徑，從「現代」與「底層」兩個看似完全不相關的角度與脈絡，重讀翁鬧小說運用現代主義筆法再現底層書寫主題，無論是情節或是人物，於是撰寫出〈重

探日治時期小說家翁鬧：聚焦於底層書寫與現代主義〉一章。以此為引，本書之研究動機與目的主要有以下三點：

（一）思考現代小說的比較議題與視野

從比較視野思考現代小說的主題與創作美學，是本書積極展現的探究方向，也希望藉此深化現代小說研究的多樣開展與創作圖景。例如翁鬧小說研究的「現代」與「底層」的比較脈絡，現代主義的寫作手法，與底層主題、人物的書寫走向，如何對觀？如何呈顯？是翁鬧小說研究的一條新路徑。又如王祥夫與史鐵生的小說比較，他們都寫「殘疾人士」的小說故事，但就身分而言，兩位小說家相當不同，王祥夫為完人，而史鐵生為殘疾人士，他們書寫共同殘疾主題的小說，有何差異？又會在寫作技巧上有什麼不同？這是相當值得思考的比較議題。

（二）探討現代小說的轉譯現象

現代小說轉譯成電視劇、電影等現象，是目前影視產業，或是創作界一項不可抵擋的新趨勢，筆者關懷轉譯主題的探討，以白先勇的小說為例，〈一把青〉於 2015 年被翻拍成電視劇，大受好評，本來〈一把青〉收入於《臺北人》小說集當中，並不是最有名的篇章，但因電視劇的翻拍相當成果，也引起許多話題與風潮，讓〈一把青〉爆紅起來。另外，白先勇的長篇小說《孽子》則是更早就被拍成電影、電視劇，甚至近期還有舞臺劇的表演，在在顯示《孽子》作品的獨特性與重要性，這也是現代小說重要的主題現象，本書也多有探討。

（三）深入小說文本肌理之敘事策略與歷史關懷

　　文學研究者的基本功，在於文本肌理的梳理與小說家敘事策略之探究。筆者重視文本分析的功力，也希望藉由歷史語境，以及文本時代與內容之情節展現並分析小說家的書寫策略。

全書的架構與安排

第一章　〈重探日治時期小說家翁鬧：聚焦於底層書寫與現代主義〉

　　本章探討臺灣日治時期作家翁鬧，他以底層、小人物書寫為主題的小說包括〈戇伯仔〉以及〈羅漢腳〉，其深受日本新感覺派的影響，導致他的小說作品有著濃厚的現代主義敘述，然而底層書寫與現代主義兩個異質的元素如何接壤、混合在其小說當中，且本章以「身心障礙」為要找到二篇小說皆有此類人物，翁鬧的敘事策略與現代主義有何關係？身心障礙的人物如何展演？身心障礙與底層書寫、現代主義的互動造就怎樣的翁鬧小說？本章認為，底層（現實）與現代兩者所交混出的小說更具內心描寫，思考也較跳躍，但不因為這樣而失去寫實的情節，兩者填補、補充，使小說更完備。身心障礙的人物實在讓底層人物看起來更卑下、弱小，是翁鬧在諷諭日本殖民統治下的人民困境、以及敗壞的政策。

第二章　〈白先勇〈一把青〉小說與電視劇的懷舊書寫與文本轉譯〉

　　白先勇的小說因臺灣市場需求常被改編成電影或電視劇，從文字轉化成影像，電視劇（電影）文本與文學文本之間的互動與對照，視為文本轉譯的現象。臺灣六〇年代現代主義文學承受了

社會、歷史等諸多條件，試圖在文學上想像或創造戰後臺灣之現代性的話語形式，白先勇即當時代之現代主義文學實踐者。本章所要處理的問題，在於白先勇 1966 年於《現代文學》第 29 期發表之現代主義小說〈一把青〉的懷舊書寫與 2015 年由黃世鳴改編、曹瑞原導演電視劇之間的文本轉譯及二者之敘事策略差異。本章透過比較與析論小說文本及影像文本。首先探討小說〈一把青〉中的現代主義敘事與懷舊書寫，本章認為由於戰時情況與主角、敘事者對飛行員與家鄉之感念，小說呈現許多「懷舊」敘事，並使用意識流的書寫策略，幾近現代主義書寫。再來，筆者從小說及電視劇之人物設定、敘事方式、故事結構為主題探討與比較，認為〈一把青〉原創小說與改編電視劇，有許多的更動、改編與文本轉譯。最後綜合以上論述主題探討兩種文本的關係與問題，點出〈一把青〉因以小說文本或是影像文本呈現而不同，更體現其探討價值與空間。

第三章　〈白先勇《孽子》文獻回顧再探討：兼論文本轉譯與電影敘事〉

　　白先勇《孽子》的既有討論已經相當豐碩，本章首先要處理的問題為重新思考與閱讀《孽子》的前行研究，並系統性爬梳之相關成果。再者，探究白先勇 1983 年出版之同志小說《孽子》與 2003 年由曹瑞原所導之同名電視劇之文獻回顧與媒介轉譯、改編異同之問題。最後，分析《孽子》電影的人物行動與「家」的敘述。本章認為小說與電視劇的文本轉譯體現了同一主題、不同風貌的《孽子》，電影亦然，而其改編實是為了迎合觀眾與閱聽人的接收與反應，更連結到情節、人物的更動，比文字呈現更

真實、貼近生活。

第四章　〈魔幻的災難，然後救贖：宋澤萊《血色蝙蝠降臨的城市》之創傷敘事〉

　　宋澤萊的文學創作以小說為要，兼及臺語詩與文學批評，為臺灣文學史上「變化多端」的作家。為何用「變化多端」來形容宋澤萊？是鑒於其小說創作的歷程與變化而印象深刻。根據陳建忠之研究指出，宋澤萊文學大致可分為四期：現代主義、鄉土寫實、政治、以及魔幻寫實，而本章所討論的文本，為第四期魔幻寫實之重要小說《血色蝙蝠降臨的城市》，前行研究多從宗教意涵、通俗文學、後殖民、敘事學等方向進行討論，但卻缺少關於多角度「創傷」的分析。小說中提及許多人物之成長創傷以及臺灣歷史災難所造成的傷害，且融合宗教的義理與魔幻寫實的技法進行包裝與展演，凸顯個人創傷與歷史傷痕的不滅或如幽靈般的存在於人們的心中，更有神聖與魔鬼的辯證與異常的敘事策略，皆值得與「創傷」進行連結，重探小說《血色蝙蝠降臨的城市》。本章指出，創傷是這本小說重要的核心元素，並引領魔幻敘事、非人類、宗教意涵等進行敘事與書寫，並提出另一種重新詮釋宋澤萊小說的另一途徑。

第五章　〈罪中之最：再探黃碧雲小說《七宗罪》〉

　　本章探究黃碧雲的小說創作，是本書唯一一篇探討的香港作家小說。本章試圖從「基督教教義」的方向引導切入黃碧雲小說作品《七宗罪》，分析比較《聖經》中對「原罪」的定義、看法，以及黃碧雲利用七個全新的故事再次詮釋的七宗死罪；再來，本章思考黃碧雲小說中所提及之最輕之罪「饕餮」與最大之

罪「驕傲」，進行文本的論述於分析，並與基督教義互相呼應並探討其敘事策略。

第六章 〈文革記憶的眾聲喧嘩：論戴厚英《人啊！人》之論述表現〉

戴厚英的小說《人啊！人》是中國新時期文學書寫文革議題的重要著作，且以「人道主義」為主要的關懷主題。許多先行研究都以人道主義問題、小說語言風格、創傷或是知識分子人物來觀察這本小說，但本章將回歸小說的寫作與敘事方法，探究《人啊！人》的論述表現如何再現文化大革命中的歷史與集體記憶。本章指出：戴厚英《人啊！人》小說中的知識分子們各有不同且多元的文革記憶，無論是文革世代或是後文革世代的角色，且戴厚英使用「眾聲喧嘩」的表現手法呈現多音聲響的現象；然「小說家」在小說中的敘事功能也讓小說的節奏、情節、人物定位更加多元且呈顯不同的論述表現。

第七章 健全作家與殘疾作家筆下的中國當代殘疾文學研究
　　　──以王祥夫與史鐵生為探討對象

本章以中國當代殘疾文學為研究基底，分析與比較健全作家所創作的殘疾主題文學以及殘疾作家所創作的殘疾作家文學，並且重新定義殘疾文學這樣一個較新的文學分類。透過分析與比較，本章指出，王祥夫與史鐵生筆下的〈半截兒〉與〈命若琴弦〉可以看出其書寫特色，殘疾文學除了反映底層人民與殘疾人生活之外，從兩篇小說中亦反映了當代社會對殘疾人的想像與描摹。以身體差異與心理欲望點出健全作家的殘疾文學著重在外觀描摹、社會困境，而殘疾作家的殘疾文學重情慾、社會與現實困

境等等。

致謝

　　本書得以順利完成，感謝元華文創出版社的大力支持，李欣芳主編與陳欣欣編輯的辛勞，以及陳康芬老師、陳木青老師推薦序文的加持。在本書寫作過程當中，剛好完整重疊了我的求學歷程，從大學、碩士班至博士班，感謝所有閱讀過初稿的老師們給予的指正與建議，促使我在這本書之精進與鑽研。再來，感謝所有審查人對部分篇章的肯定與提點，讓我在寫作過程中達到許多小小的里程碑。最後，感謝國立臺中科技大學通識教育中心給予一個穩定教學與研究的環境，讓我能持續努力，以及持續陪伴的家人，他們豐富了我人生，也使我的生活多了股湧泉。期許自己能夠成為更好的人，也期待這本著作在我的學術生涯中能留下一道精彩的刻痕。

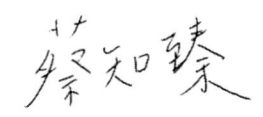

目　次

推薦序一　陳康芬
　　　　　中原大學通識教育中心副教授暨全球客家與
　　　　　多元文化研究中心主任 ……………………………………… i
推薦序二　陳木青
　　　　　國立臺中科技大學通識教育中心兼任助理教授 ……… i
自　序 ……………………………………………………………… i

第一章　重探日治時期小說家翁鬧：聚焦於底層書寫與
　　　　　現代主義 ……………………………………………… 1
　一、前言：底層、身心障礙研究與翁鬧小說 …………………… 1
　二、翁鬧小說中底層書寫與現代主義之互動 ………………… 5
　三、翁鬧小說中身心障礙的敘事策略 ………………………… 15
　四、結語 ………………………………………………………… 24

第二章　白先勇〈一把青〉小說與電視劇的懷舊書寫與
　　　　　文本轉譯 ……………………………………………… 27
　一、前言：從《臺北人》、電視劇與文化研究談起 ………… 27
　二、〈一把青〉之現代主義敘事與懷舊書寫 ………………… 32
　三、從小說到電視劇：《一把青》文本轉譯的敘事策略 …… 42
　四、結語 ………………………………………………………… 51

第三章　白先勇《孽子》文獻回顧再探討：兼論文本轉譯
　　　　與電影敘事·· 53
　一、前言：電視劇與《孽子》······························ 53
　二、論述豐厚仍需突破：《孽子》研究回顧與展望············· 54
　三、「翻譯」與「改編」：文本轉譯的敘事策略與觀眾想像 62
　四、電影《孽子》的回家之路······························ 66
　五、結語··· 71

第四章　魔幻的災難，然後救贖：宋澤萊《血色蝙蝠降臨
　　　　的城市》之創傷敘事··································· 73
　一、前言··· 73
　二、個人創傷：救贖的可能·· 78
　三、法戰創傷：正邪的對戰敘事··· 86
　四、歷史創傷：血色蝙蝠的出現··· 91
　五、結語··· 97

第五章　罪中之最：再探黃碧雲小說《七宗罪》············· 99
　一、前言··· 99
　二、基督教教義對黃碧雲《七宗罪》的影響·······················101
　三、罪中之最：饕餮最輕易、驕傲最為大·························105
　四、結語··111

第六章　文革記憶的眾聲喧嘩：論戴厚英《人啊！人》
　　　　之論述表現···113
　一、前言··113

二、知識分子的文革記憶：眾聲喧嘩的論述表現 ………… 115
　　三、「小說家」的敘事功能 ………………………………… 126
　　四、結語 ……………………………………………………… 131

第七章　健全作家與殘疾作家筆下的中國當代殘疾文學
　　　　研究——以王祥夫與史鐵生為探討對象 ………… 133
　　一、前言：中國社會與中國當代殘疾文學 ………………… 133
　　二、從《史記》談起：文獻回顧與探討 …………………… 135
　　三、半截兒、蜘蛛與瞎子：小說析論及其敘事策略 ……… 140
　　四、結語 ……………………………………………………… 152

結　論 ……………………………………………………………… 155

參考書目 ………………………………………………………… 157

各章出處 ………………………………………………………… 169

第一章　重探日治時期小說家翁鬧：聚焦於底層書寫與現代主義

一、前言：底層、身心障礙研究與翁鬧小說

「底層」一詞來自於葛蘭西（Antonio Gramsci）的《獄中書簡》，強調的是無產階級，起先開始研究的對象不外乎是農夫、女性勞工或是原住民部落中的人，因為這群人在資本主義的社會中並沒有在歷史當中被真正的紀錄，而我們所要檢視的則是因這些人民沒有受到知識分子菁英啟蒙與汙染下，保留了真正屬於當時的記憶。[1]在現今當代臺灣，底層聲音也越來越被聽見，個人歷史與文獻的部分亦然，鄉土文學、[2]移民文學、[3]

---

[1] 參閱廖炳惠：《關鍵詞200》（臺北：麥田出版，2003.09）。

[2] 臺灣鄉土文學相關研究相當多，舉例來說：在單篇論文部分，蔡明諺的論文〈吾鄉印象與鄉土文學：論七〇年代吳晟詩歌的形成與發展〉（《臺灣文學研究》1卷4期，2013）討論鄉土詩人吳晟詩中的鄉土意識及其發展，朱惠足的論文〈「現代」與「原初」之異質交混：翁鬧小說中的現代主義演繹〉（《臺灣文學學報》15期，2009）中第四節就以臺灣鄉土色彩與新心理主義敘事探討翁鬧小說〈戇伯仔〉與〈可憐的阿蕊婆〉鄉土與現代主義之間的互動。而在學位論文部分，沈丹莉《呂赫若小說的民俗書寫》（國立臺北教育大學語創所論文，2011）中，有許多從民俗的角度來視托農民及一般百姓的善良純樸，在日治時期崇尚現代化而刻意凸顯民俗的落後和迷信的風氣中，值得特別去注目。

[3] 臺灣移民文學相關研究，趙萌釩《戰後在臺菲華小說》（臺灣大學臺文所碩士論文，2015）中討論到國家文學、以及菲律賓第二代受到國民黨催眠而放棄英文書寫，進而用華語書寫等問題。蔣闊宇《殖民地時期臺灣勞工抗爭史》（臺灣大學臺文所碩士論文，2014）利用殖民地時期新聞紙上的相關資料，輔以參與者的回憶錄以及相關研究，重新建構當年臺灣勞工運動發展的歷程，希望能夠藉由這批新的工運史料在《警

日記研究[4]等都是。翁鬧，一九一〇出生於臺灣彰化，一九四〇年卒於日本東京，年紀只有三十歲，雖然翁鬧的創作時間較短，但其作品卻是在日治時期臺灣新感覺派作家中是不可遺漏的一號重要人物。翁鬧的小說作品為數不多，但其中有兩篇小說以底層人物為主角，並且反映當時社會農民及底層人民無法接受現代化等等問題，分別為刊載於《臺灣文藝》第二卷第七號的〈戇伯仔〉（1934.12 作、1935.05 改寫）以及刊載於《臺灣新文學》第一卷第一號的〈羅漢腳〉（1935.12）。

翁鬧作品的前行研究相當豐富。朱惠足〈「現代」與「原初」之異質交混：翁鬧小說中的現代主義演繹〉[5]以翁鬧的小說作品為例，討論性慾、臺灣鄉土的「原初」主題，與都市文明、新心理主義等「現代」文化與書寫形式，在小說中產生何種異質交混。黃毓婷〈東京郊外浪人街——翁鬧與一九三〇年代的高圓寺界隈〉[6]從翁鬧之所以成為一則傳說的經過，探究當時殖民地青年共通的心性，並自翁鬧的散文〈東京郊外浪人街——高圓寺界隈〉追尋作家個人史的細節。杉森藍《翁鬧生平及新出土作品

察沿革誌》的殖民者官方歷史敘事以外，找到兼具「反殖民」與「勞工本位」的另外一種勞工運動歷史敘事。

[4] 臺灣日記相關研究，由中研院臺史所許雪姬大力推動，在研究日記前，其研究許多口述歷史。〈近年來臺灣口述史的評估與反省〉（《近代中國》149 期，2003）討論臺灣口述歷史的最新研究及缺漏等等。〈「臺灣日記研究」的回顧與展望〉（《臺灣史研究》22 卷 1 期，2015）最新的論文討論從日記研究以來到現在的回顧、缺漏、突破等等。

[5] 朱惠足：〈「現代」與「原初」之異質交混：翁鬧小說中的現代主義演繹〉，《臺灣文學學報》第 15 期（2009.12），頁 1-32。

[6] 黃毓婷：〈東京郊外浪人街——翁鬧與一九三〇年代的高圓寺界隈〉，《臺灣文學學報》第 10 期（2007.06），頁 163-196。

研究》[7]蒐集日本相關資料，來釐清翁鬧生平與其新出土作品，以及當時日本、臺灣文壇的新感覺派之關係。中國大陸部分，張羽〈試論日據時期臺灣文壇的「幻影之人」翁鬧——與郁達夫比較〉[8]通過比較視野，揭示翁鬧與大陸作家郁達夫與日本文化皆有密切關係，從其作品中觀看日本形象，另一面揭示翁鬧作為被殖民作家之創作心理，更影響他創作敘事。李娜〈2005 年大陸的臺灣文學研究綜述〉[9]一文亦提及張羽之論文。

本章所要處理的問題，圍繞在兩篇小說：〈戇伯仔〉以及〈羅漢腳〉中，首先翁鬧的底層書寫，何以用現代主義（新感覺派）的手法去呈現？這兩篇小說皆有討論到主人翁的身心障礙，如砂眼、出車禍後的腿殘等等，這樣的書寫策略有何意義？如何從身心障礙取徑去切入翁鬧的文本研究？其中是否也是受到現代主義（新感覺派）的影響所出現的文本產物？還是為了讓底層人物從閱讀者角度看來更加卑微、困苦呢？筆者試圖從身心障礙與底層書寫、現代主義之互動去討論翁鬧小說，有別於前行研究觀看翁鬧生平、新感覺派、現代性或日語語法等等議題，期望將翁鬧研究放在一個新的研究視野當中，不再受到前行研究的束縛與侷限。

在國內外的學術界裡，「身心障礙」相關研究越來越受到關

---

[7] 杉森藍：《翁鬧生平及新出土作品研究》（臺南：國立成功大學臺灣文學系碩士論文，2007.01）。

[8] 張羽：〈試論日據時期臺灣文壇的「幻影之人」翁鬧——與郁達夫比較〉，《臺灣研究集刊》第 89 期（2005），頁 82-90。

[9] 李娜：〈2005 年大陸的臺灣文學研究綜述〉，《華文文學》第 79 期（2007.02），頁 105-111。

注與重視,這樣的研究取徑不只在文學研究中萌發,還有醫學、心理學、社會科學等等相關學門都有其研究與論述,所以筆者在此不禁感嘆,目前零星以「身心障礙」為研究的作家作品可以找到這樣的人物或是主角,最為人知的臺灣身心障礙作家鄭豐喜（1944-1975）、杏林子（1942-2003）,皆以「自傳式」的散文作品為主,而以小說形式出現的作品則有鄭清文〈校園裡的椰子樹〉:女主角右手那隻完全像小孩子的手,五指不能彎曲自如（1967）、〈攣生姊妹〉:攣生女之一因為小兒麻痺而殘廢（1969）等作品,[10]以及七等生《沙河悲歌》:半殘廢的左手臂、《離城記》:坐輪椅等小說作品。以上舉例並不是臺灣身心障礙書寫的代表,而是目前前行研究所談論過的作品舉例。

關於身心障礙研究,有部分臺灣小說的前行研究是以「廢人敘事」或是「畸零人」這些具有貶抑的語詞來研究小說文本中的身心障礙者。在許慎的《說文解字》[11]當中,解釋「廢」一字為「屋頓也」,段玉裁注:「頓之言鈍,謂屋鈍置無居之者也。」此意可以清楚看到廢字在《說文解字》中代表的無用、有貶抑之意。「畸」一字之意思為「不規則的,不正常的」,「零」則有凋零之意,皆屬負面的用詞法。洪碩鴻碩士論文《論臺灣小說的廢人敘事》（2014）[12]中所談論的是宋澤萊、舞鶴、阮慶岳的廢人敘事及其小說中展現的「廢人」敘事策略,更進一步定義了

---

[10] 紀大偉:〈污名身體——現代主義、身心障礙、鄭清文小說〉,《臺灣文學研究學報》第 16 期（2013.04）,頁 49-83。

[11] 段玉裁:《說文解字注》（臺灣:頂淵文化,2008.10）,頁 125。

[12] 洪碩鴻:《論臺灣小說的廢人敘事》（桃園:元智大學中國語文學系碩士論文,2014）。

「廢人」一詞。而鄭千慈碩士論文《崩解的自我——現代主義、畸零人與戰後臺灣鄉土小說》（2004）[13]便由黃春明、王禎和、七等生、宋澤萊等人的小說作品為探討核心，鄭千慈認為這些作家筆下的畸零人角色存在著認同形式，他們除了以和現代性否定的互動上展現了現代主義精神外，或許也尋求著象徵秩序認同。緣此脈絡，筆者發現翁鬧小說〈戇伯仔〉、〈羅漢腳〉中有身心障礙的主角，主要以身的障礙為主，在其為數不多的創作作品中就能有這樣的發現，這對臺灣身心障礙文本研究是一大突破。

二、翁鬧小說中底層書寫與現代主義之互動

　　進入現代主義與底層的互動前，筆者需先爬梳寫實主義與底層書寫，寫實主義這個概念是在於它的「真實」（reality），從真實的實在與純粹的表現出現，所以寫實主義作為一項在造型藝術及文學上的歷史性運動，是不可忽略的一個部分。[14]在日治時期的反映社會現實、底層書寫的小說作品，許多作家都採取寫實主義的寫法，例如呂赫若〈牛車〉中的恐懼與日本兵的剝削等等。但是翁鬧卻是以新感覺派的寫作手法去呈現底層的小說人物及情節，實為特點之一。

　　關於現代性與現代主義，文明生活上對應的是所謂的「現代性」，而在文藝表現上對應的則所謂的「現代主義」。此種辨析

---

[13] 鄭千慈：《崩解的自我——現代主義、畸零人與戰後臺灣鄉土小說》（臺北：淡江大學中國文學學系碩士論文，2004）。

[14] 參閱 Linda Nochlin 著，刁筱華譯：《寫實主義》（臺北：遠流出版，1998），頁 3-8。

日益清晰，我們或許不會立即的將兩者劃上等號，畢竟一個是影響到文明與非文明的生活，一個是對文學作品書寫與解析的一種風格辨析。[15]現代主義起源於十七世紀工業革命後的西方國家，然後才傳到非西方國家，根據劉禾提出的「跨語際實踐」[16]筆者從中了解，凡非西方國家的現代主義文化，均為西方現代主義的模仿或是亞流，無法跳脫非原創性的宿命，文化翻譯的過程會將西方的現代主義在進入非西方國家後產生變質，變得不純、甚至有差異。[17]而邱貴芬的論文〈「在地性」的生成：從臺灣現代派小說談「根」與「路徑」的辯證〉提到現代性時間的落後並不是問題，因其「在地性」的特色會使臺灣的現代主義變得獨特且臺灣獨有。[18]翁鬧的小說因受到日本新感覺派影響，[19]導致其小說有許多的內心書寫，轉而用一種他們認為感情上更真實的方式，來表現出作者真正的感受與想法。許素蘭曾在〈「幻影之人」翁

---

[15] 參閱柯慶明：〈臺灣「現代主義」小說序論〉，《臺灣文學研究集刊》創刊號（2006.02），頁 28。

[16] 劉禾：《跨語際實踐：文學，民族文化與被譯介的現代性》（中國：生活・讀書・新知三聯書店，2008.03），頁 1-8。

[17] 參閱朱惠足：〈「現代」與「原初」之異質交混：翁鬧小說中的現代主義演繹〉，《臺灣文學學報》第 15 期（2009.12），頁 2。

[18] 邱貴芬：〈「在地性」的生成：從臺灣現代派小說談「根」與「路徑」的辯證〉，《中外文學》第 34 卷第 10 期（2006.03），頁 125-154。

[19] 所謂的「新感覺派」小說，溯其本則源於西方浪漫主義思潮，又間接影響了日本的自然主義以及新感覺派的產生，但是日本的自然主義與產生於西歐的自然主義又有著不同的風格展現。日本的自然主義雖然是受到西歐自然主義的影響而產生的，到了日本本土又融入日本當地的文學傳統。在日本的自然主義中，作者一方面披露自己心境而寫成所謂「心境小說」或「私小說」之類作品。而源自於一九二〇年代中期出現的新感覺派，是對二十世紀初期日本文壇上自然主義與普羅文學的反動，屬於現代主義文學潮流之一。

鬧及其小說〉中談論到：翁鬧用他的心靈關照小人物，以新感覺主義重視心理分析的筆法寫戇伯仔，而不是用他的眼睛捕捉小說人物的外在形貌，因此，戇伯仔形象不是很突出、但個性很明顯的小說人物，而小說的內容，也在於雕鏤某種生活情境，而不是情節取勝。[20]這樣的內心書寫、心理分析筆法通常是抽象的、幻想的，跟底層書寫講求真實這件事情相互違背，更何況是以鄉土色彩所展演的小說人物。所以，筆者要試圖解決的是在受到日本新感覺派強烈影響的翁鬧，其小說〈戇伯仔〉以及〈羅漢腳〉皆以臺灣底層人物為主角，但在小說內在則還是繼續使用現代主義的展演與方式陳述小說故事，其中的矛盾性在何處？如果沒有矛盾的地方為何這兩種異質的素材可以交混得如此神祕甚至無縫接軌？底層書寫與現代主義的互動又造就了怎樣獨特的小說主人翁與情節發展？

（一）〈戇伯仔〉[21]中的底層／現代互動展演

戇伯仔為本篇小說的主人翁，六十五歲單身農民，雖然與母親、弟弟夫婦同住，但很貧窮、住在破小屋內。戇伯仔哀求鎮上的魚干店老闆雇用他以填飽肚子並餬口飯吃，與其他年輕雇員寄宿店舖二樓。過年後，戇伯仔被辭退，只能依靠上山批筍子到平地販賣這樣的工作撐日子，而在某日下山途中，看到上山買豬糞

---

[20] 陳藻香、許俊雅編譯：《翁鬧作品選集》（彰化縣：彰化縣立文化中心，1997.07），頁289。

[21] 翁鬧著，黃毓婷翻譯，收錄於《破曉集》（臺北：大雁出版基地，2013.11 初版），頁142-173。

的鄰居牛母倒在路邊已經死亡，戇伯仔看到之後馬上通知其家屬。隔天清晨，戇伯仔再次經過這邊，屍體已經不見了，只留下扛糞的扁擔，還有一個值得我們關注的就是戇伯仔的砂眼（快要失明的眼），許多前行研究都忽略了這個部分，除了底層之外，身心障礙也是一個需要關注的部分。本篇小說以臺灣貧苦農民、身心障礙人民求生存的過程為主題，真實描寫。於羊子喬的〈翁鬧作品解說〉中提到，〈戇伯仔〉刻化一個貧苦老人的微妙心理，反映當時農村的窮苦，寫路有凍死骨的悲慘命運。[22]微妙心理展現為現代主義所提倡的，而反映貧苦為底層書寫的部分，我將從此小說討論兩者的異質互動。

　　本篇小說的最前面一部分，翁鬧用了詩句的方式作為開頭：

　　　　唐山的算命仙
　　　　說我活到六十五
　　　　就要草葉底下埋
　　　　今年我六十五
　　　　差不多要走了
　　　　可是如果你騙我
　　　　給你的五塊錢
　　　　可要還給我

　　　　（中間省略）

---

[22] 陳藻香、許俊雅編譯：《翁鬧作品選集》（彰化縣：彰化縣立文化中心，1997.07），頁247。

直到埋在草葉下
　　還是娶無老婆喔
　　唐山的算命仙又說
　　再付兩塊錢的話
　　我教你一個辦法
　　說得正經八百
　　我可不敢想
　　從那以後又過了十年
　　今年我六十五
　　差不多要走了[23]

　　從序詩部分可以清楚看到戇伯的獨白以及他的想法。起先他說著自己去找算命仙算命，怕算命仙算不準而怕被騙五元，從這件事情可以看出戇伯的家境相當不好，連五元都會斤斤計較；接著是六十五歲就要走這件事情，他也提到他不敢想這件事情，已經六十五歲了不知何時會離開，顯現出戇伯的消極、悲觀的性格；「直到埋在草葉下／還是娶無老婆喔」從詩句得知他還沒有娶妻，羅漢腳一位。這樣客觀的生活、性格以及現實，翁鬧用了需要大量情感、內心描寫以及意象鋪陳的「詩」當成書寫媒材，筆者大膽斷論，這已是一個相當明顯的「底層書寫與現代主義之互動」，為什麼筆者這樣說呢？因為詩句所要傳達的意涵相當貼近戇伯生活、底層，但是翁鬧則是以戇伯的想法、內心這樣心理

---

[23] 翁鬧著，黃毓婷翻譯，收錄於《破曉集》（臺北：大雁出版基地，2013.11 初版），頁 142。

主義的方式呈現在其中。

　　小說主人翁戇伯和其弟弟與弟媳住在一起，弟媳叫做金媼，文中一段提到戇伯擔著百餘斤的柴薪回家，整理成草堆，這些草堆常常成為老鼠、蛤蟆和蚯蚓最好的藏身之處，有時雞窩的蛋會不知原因的突然消失，金媼就窩在雞窩旁守著，終於發現牆角有好大的蛇頭正伸出紅色的蛇信往外窺伺著。金媼驚嚇得跳了起來，而有下段話：

> 金媼坐立難安。她嘆著氣對人說她做了一個夢，夢中走到哪裡都有滿滿的蛇在地上爬，她只好發了瘋似地在夢裡的世界跳來跳去，累死她了。[24]

　　從上段可以看到翁鬧將本段主人金媼在現實所碰到的驚嚇事件用作夢的方式再一次強調金媼多麼害怕蛇，並加強金媼的內心書寫、心裡表述，也用「滿滿的蛇在地上爬」這樣不合現實的想像等等，不禁讓人直接聯想這樣真實的事件用這樣的小說筆法及敘事策略，在在呈現現代主義之感。

　　朱惠足在〈「現代」與「原初」之異質交混：翁鬧小說中的現代主義演繹〉一文中提到，〈戇伯仔〉雖以臺灣貧苦農民求生存的過程為主題，卻在小說當中穿插極富現代主義風格的場景。[25]在某日深夜，戇伯忙完魚干店的工作後，獨自到鎮上剛興建好

---

[24] 翁鬧著，黃毓婷翻譯，收錄於《破曉集》（臺北：大雁出版基地，2013.11 初版），頁 151。

[25] 朱惠足：〈「現代」與「原初」之異質交混：翁鬧小說中的現代主義演繹〉，《臺灣文學學報》第 15 期（2009.12），頁 23。

的土地公廟拜拜：

──戇伯走出了土地公廟，準備回家。舉目是大遍的田圍，大埤圳的土堤貫穿其間，朦朧的遠山從竹叢中露出頭來。這是個星光明亮的夜晚，白雲覆蓋著天空，使地上之物彷彿都沉浸在夢中。來到埤圳的橋邊，戇伯聽見激流轟轟然越過堤堰直瀉而下的聲音，又感覺有一道銀光從他的頭上往左方一直線地墜落，當它就要消失在地表的那一瞬間，戇伯清清楚楚的看見了它的真面目，是月亮。抬頭一看，月亮已經不見，天地忽然間變得漆黑一片。就在下一個瞬間，天上的星星一個個都動起來了；再接著，竟然連戇伯腳踏著的地面也搖晃不已，隨即又以令人恐懼的速度急遽下沉。戇伯忍不住用兩手摀著臉，但他的心思十分沉穩，神色有著篤定。同時，不可思議的智慧掠過了老伯的腦海。他的腳開始飄離地球的時候，戇伯抓了抓自己的腳。他的生命開始遊離，戇伯醒了。他想看看四周景物卻睜不開眼，使勁睜眼只覺得疲乏又疼痛，最後在刀割似的疼痛中睜開了眼睛。支起上半身一看，才明明白白地看見自己是在魚干店的二樓，隔鄰的床上傳來了同僚的鼾聲，受不了睜眼的痛楚，閉上了眼睛背靠在橫木上，不覺陷進了各種心事裡。[26]

---

[26] 翁鬧著，黃毓婷翻譯，收錄於《破曉集》（臺北：大雁出版基地，2013.11 初版），頁 163-164。

本段敘述開頭是與戇伯到土地公廟拜拜的一個情節的銜接，翁鬧用了很特殊的筆法將現實與戇伯內心情感無縫接軌，從寫實外在的風物描寫突然轉變到天在搖、地在動的詭譎現象，然後在本段最後，翁鬧才給大家解答：「戇伯醒了。他想看看四周景物卻睜不開眼，使勁睜眼只覺得疲乏又疼痛，最後在刀割似的疼痛中睜開了眼睛。支起上半身一看，才明明白白地看見自己是在魚干店的二樓，」原來是一場夢啊。作者透過想像的夢境，塑造比起現實痛苦更加痛苦的異想世界，強而有力地表現鄉土人物在絕境中求生存的生命韌性。這段豐富的現代主義展演，更在在表達翁鬧的小說創作是如此的幻覺、內心，但題材卻以最樸實的底層人物為底，此互動筆者很難找到其不合理之處，反而接合的完美、並且不會偏重寫實或現代主義。

（二）〈羅漢腳〉中的底層／現代互動展演

　　〈羅漢腳〉本篇小說含有自傳性質，相對於〈戇伯仔〉的模糊角色，〈羅漢腳〉對於主角「羅漢腳」的描寫明顯較鮮明、深刻，小說的情節也比較完整。翁鬧透過小孩童的心理來呈現臺灣鄉土人事物，因為是著重孩童心理的想像與書寫，明顯看出翁鬧在這篇小說受到新感覺派的影響，但又有較完整的情節，筆者推斷是因為其自傳性的成分比較厚重，所以小說才會如此呈現。但與〈戇伯仔〉作品以及〈羅漢腳〉相比較之下，此小說還有一個特點可以判斷其深受新感覺派的影響，就是書寫的「不連貫性」，筆者在閱讀〈羅漢腳〉時感覺此小說比另兩篇小說還要不連貫、甚至相對難讀，簡短跳躍的敘事句法特色處很強，是值得

討論的部分。

　　故事內容是說五歲的羅漢腳家中貧困,家中有六個小孩排行老五,父親除了農務之外還四處替別人工作賺取家用,然而母親則是在家裡面工作、編竹笠,孩童羅漢腳常常一人在戶外玩耍。許多的故事情節都描述了羅漢腳家中貧困帶來的種種不幸,例如:羅漢腳跟母親要錢被罵、漢腳這個名字的由來、三歲的弟弟飢餓誤食裝在醬油罐中的燈油,弟弟被賣掉等等情節。而在小說最後面,羅漢腳被輕便車(臺車)撞傷,便只有短暫且模糊的記憶,等他醒來之後,發現枕頭旁邊的汽車等玩具非常高興。隔一天,第一次坐上輕便車到員林就醫,也滿懷喜悅之情,這樣的結尾看來諷刺,更能凸顯當代小人物的微不足道。[27]

　　關於〈羅漢腳〉中的現代主義呈現,可以從以下小說節錄中看到:

> 　　長長的夏天結束,涼風很快就要吹起的一個初秋傍晚,羅漢腳離開家門想到大榕樹底下去玩耍。就在他踏出家門、正要穿越鐵軌的時候,一台堆滿了貨物的輕便車沒拉警報就從斜坡上直直滑下。當車夫察覺到不對勁時,羅漢腳的身體已經被車子帶走,車子就在車夫的驚呼之中脫軌了。羅漢腳自然看不到車子橫倒在路上、貨物也散了一地;他只感覺腳上一陣劇痛,隨即失去了意識。他倒在血泊裡不知不覺呻吟起來,接下來發生的事模糊一片,只記得人們

---

[27] 翁鬧著,黃毓婷翻譯,收錄於《破曉集》(臺北:大雁出版基地,2013.11 初版),頁 283-296。

> 像黑色的山一樣圍著他，人群當中彷彿看到了父母親還是兄長們的臉。母親好像在大聲的哭，不過那不是在大街上了，而是在自己家裡的床邊；醫生來了，將他的腳包裹了繃帶之後，羅漢腳昏昏沉沉的看見燈火的微光照亮了整間房子，當他在看見枕頭旁邊放著玩具火車和笛子的時候，他感到無比的快樂。[28]

　　從上述節錄可以看到以下兩點：一為當羅漢腳被車撞傷之後，翁鬧就用了許多「好像」、「失去意識」、「發生的事模糊一片」等等來說明羅漢腳當時已經沒有辦法分辨現實與虛幻的空間，但又用一個反差「只記得」、「彷彿看到」等羅漢腳自己的想像來呈現羅漢腳的內心世界，可謂現實與現代主義的互動與展演。二為時間的跳躍不連貫性敘事策略，從羅漢腳被車撞到他回家、醫生幫忙包紮的過程中，翁鬧是沒有交代清楚的，而是用幾個想像的畫面就略過，讓人不禁會有「如何得救？」「如何回家？」這樣的疑問出現，這也是現代主義的一種書寫策略。

　　〈羅漢腳〉是翁鬧小說中以底層人物為主題，使用現代主義手法較少的一篇，但其跳躍不連貫性敘事策略卻是〈戇伯仔〉難以看到的，雖然戇伯的人物形象比羅漢腳還要模糊（沒有用多於的篇幅加以描述），但其小說進程、敘事、連貫性都相對較好。

　　此節筆者已經由兩篇小說文本內容的舉例，加上互相關聯性與比較，處理有關於底層書寫與現代主義的互動、偏重現代主義

---

[28] 翁鬧著，黃毓婷翻譯，收錄於《破曉集》（臺北：大雁出版基地，2013.11 初版），頁 295。

還是現實書寫、以及異質的交混是如何在兩篇小說中展演,然後有沒有處理得不夠完整的地方等等。

三、翁鬧小說中身心障礙的敘事策略

翁鬧小說〈戇伯仔〉、〈羅漢腳〉中有為數不多的「身心障礙」人物出現,本節分將以底層書寫與身心障礙這兩大元素來探討這兩篇小說中的身心障礙人物有哪些?他們如何在小說中展演?翁鬧設定這些身心障礙人士的書寫策略為何?這些情節與人物是否諷諭著什麼事情?這些是本節所要處理的問題。

翁鬧小說〈戇伯仔〉、〈羅漢腳〉中的身心障礙人物:

	〈戇伯仔〉
戇伯仔	砂眼
阿金婆	砂眼
貫世	蟾蜍一樣大的肚子

	〈羅漢腳〉
羅漢腳	斷腿(因被車撞而殘缺)

從上述身心障礙人物列表中可以看出一個共通性,就是這些人物都是翁鬧小說中屬於「底層」的那些人,而翁鬧的底層書寫作品,多半帶有嘲諷特質,於〈戇伯仔〉更是極盡所能的將人物殘缺化,使筆者進一步思索,翁鬧筆下的日治臺灣時期,其殘缺

人物的形象是否帶著對於殖民體制的懷疑？或是進階隱喻的訴說著殖民下的臺灣社會壟罩著什麼樣的不堪殖民樣貌？以下深入探討〈戇伯仔〉、〈羅漢腳〉兩篇小說中所敘述的身心障礙形象以及翁鬧的敘事策略如何鋪陳、表現底層與身心障礙的互動。

砂眼是早期臺灣社會普遍存在的「國民病」，由於生活環境及衛生條件不佳，因砂眼而造成失明的情況，頗為常見。王幸華論文〈寫實(realism)？再現(representation)？——日治臺灣新文學小說的醫療（事）書寫新探〉提到日本人尾崎宰（曾任臺灣地方病及傳染病調查委員會臨時委員、兼總督府醫院醫長）在 1915 年至 1917 年三年間，分別在北、中、南三個地區及澎湖等地所做的調查報告指出，受檢的總人數為 66,484 人，罹患者達 25,738 人之多，罹患率為 38%強；其中在受檢者中導致失明的有 1,962 人，單眼失明的有 1,096 人，兩眼俱瞎者有 866 人。可見砂眼確實是國人罹患率頗高的疾病之一。[29]

翁鬧〈戇伯仔〉小說主角「戇伯仔」，就是一位患有砂眼，窮困到無法就醫，雖一度接受眼科密醫醫治，但毫無見效，只好隨眼疾持續嚴重到發爛。日治時期直至 1922 年之後，各州廳才積極推行砂眼防治措施。以下舉例說明：

（一）

「阿伯您話是這麼說沒錯，不過，若是把這傢伙的膽囊吞下去（萬六的手從喉頭往腹部比劃），阿伯的眼睛包準就

---

[29] 王幸華：〈寫實(realism)？再現(representation)？——日治臺灣新文學小說的醫療（事）書寫新探〉，出自於其博士論文《日治時期臺灣新文學之醫病書寫研究》（臺中，東海大學中文系博士論文，1997），頁 16。

能好起來。」

「這樣阿,如果只是膽囊,吃吃無妨吧!」

「總之這條蛇我要了。」

萬六把蛇掛在手臂上走了,一群孩子就跟在他後頭跑開了。[30]

　　以上所述是一個傳說、偏方,聽說吃蛇膽就會治百病,所以戇伯的眼疾以這樣的推論是否也能夠治好呢?筆者析論這段具有隱喻的意味,求神問卜是常有的事情、偏方也是,但回歸到殖民統治下的臺灣,這或許可以解釋說:臺灣人想要脫離日本人掌控與統治,但用了許多方法皆未有效果,所以採取激進的抗日行動、或用旁門左道來伸張臺灣人的權益等等,翁鬧在小說中鋪陳這樣一段,許是在諷諭日本殖民時期常有類似事件的發生。

（二）

戇伯很喜歡在秋日夜半仰望這些從小就看著的小小星群,只不過那兩三年來,這些星星在戇伯眼裡也變得模糊了,以往可見到七、八顆星光,如今就像毛玻璃背後的燈火一樣朦朧。砂眼越來越嚴重,眼眶紅腫糜爛,並且積著眼屎。[31]

---

[30] 翁鬧著,黃毓婷翻譯,收錄於《破曉集》（臺北:大雁出版基地,2013.11 初版）,頁 152。

[31] 翁鬧著,黃毓婷翻譯,收錄於《破曉集》（臺北:大雁出版基地,2013.11 初版）,頁 154。

從這段因眼疾而看不到星空美景的敘述，可以從中得知聾伯其實內心當中是有一個理想或是願望的，但因為砂眼的困擾而漸漸放棄，就如同在日本殖民期間，臺灣人對於工作、賺錢、生活是有一個嚮往和目標的，甚至覺得日本人來臺灣是否會帶給臺灣人更好的生活，會有這樣的理想在他們當時人的心中，但事實上並不然，剝削、打壓、欺凌等等都來，使當時臺灣人痛苦不堪。翁鬧用「眼疾而不視星光」來作隱喻，實在諷諭當時的社會環境。

（三）
據說村裡來了一個眼醫，雖然沒有醫師執照，但因為從前在一家有名的眼科醫院當過五年助手，學會了師傅的絕活，儘管不懂醫理，可聽說動起手術來不曾失誤過。[32]

醫生，代表一個希望，翁鬧在小說中間鋪陳這段情節，許是讓小說人物聾伯有一絲可以治好眼疾的機會，而且又以「聽說動起手術來不曾失誤過」，更是吸引人去就醫。

（四）
他（聾伯）的睫毛倒插進眼窩，揉著揉著就將眼睛越揉越瞇了。聾伯煞費苦心才把遠遠不夠的存款湊足，請醫生作了手術。醫生一看到阿伯的眼睛，忍不住大叫：「這也太

---

[32] 翁鬧著，黃毓婷翻譯，收錄於《破曉集》（臺北：大雁出版基地，2013.11 初版），頁 154。

嚴重了！」[33]

　　戇伯不惜籌取經費就是希望自己的眼睛能夠痊癒，醫生一看到他的眼睛卻嚇了一跳，說明這眼疾的嚴重性，筆者認為這是翁鬧下的一個伏筆，真的能夠痊癒？還在未定之天。

（五）
　　戇伯的眼睛一點也不見好。每個人都勸他儘早到專門的眼科去看診，否則遲了就要瞎了。可是，戇伯除了坐等眼睛全瞎，一點辦法也沒有。[34]

　　因為戇伯開完刀之後，這位眼科密醫就被抓走了，當然是因為密醫是不能在當時的社會下生存並就醫治病。戇伯的眼疾沒有好，但他也沒有多餘的錢可以去看病，所以才說「戇伯除了坐等眼睛全瞎，一點辦法也沒有。」這反映了當時的底層小人物想要好好維持「生存權益」這件事情都會因為沒有錢而被剝奪。下面我們可以看到沒有錢這件事情不是戇伯不想賺錢、偷懶，而是沒有辦法，連想賺都沒有機會。

（六）
　　魚干店裡除了戇伯以外還有兩個伙計，一個整理帳簿之餘

---

[33] 翁鬧著，黃毓婷翻譯，收錄於《破曉集》（臺北：大雁出版基地，2013.11 初版），頁 154-155。
[34] 翁鬧著，黃毓婷翻譯，收錄於《破曉集》（臺北：大雁出版基地，2013.11 初版），頁 155。

也幫幫戇伯的忙。這個伙計有隻眼睛特別小，因而被人喚作「獨眼龍」。

戇伯找到魚干店的工作，他的工作夥伴有一人也是在身體上有一些殘缺，被人喚作「獨眼龍」，但他們比較年輕，工作能力相對比戇伯還要佳，所以兩個伙計常需協助戇伯。從這段可以看出戇伯在這個社會的供需上已經不在適合供了，而是需大於供，但他的家庭與經濟又需要他用勞力來換取金錢才能維持生命、生存，加上他的眼疾需要治療等等，實在矛盾。

（七）
戇伯捻了香，閉上眼睛低聲的合掌祈求：
「求神把我的眼睛治好吧！」
「如果治好了，就算備不了五牲，也一定備足三牲來答謝。」
趁著四下無人，阿伯乾脆放聲求告：
「今天沒備上牲禮，原諒我吧！原諒我吧！」
接著，戇伯把帶來的一小疊銀紙燒了。紙灰飄到空中，那就是神要帶走的銀錢了。[35]

戇伯的內心吶喊在此段可以清楚看見，已經沒有任何的辦法了，求神拜佛在於信仰，戇伯深信不疑，於是才會來到寺廟希望

---

[35] 翁鬧著，黃毓婷翻譯，收錄於《破曉集》（臺北：大雁出版基地，2013.11 初版），頁163。

神可以將他的眼睛治好，在沒有錢、醫生又治不好的情況下，走投無路的內心吶喊與描述，翁鬧徹底的讓「戇伯」真的「戇」了。

（八）
店老板盯著戇伯潰爛的眼睛說，當初就是店裡缺人手的時候勉為其難雇的，現在生意清淡了，另外兩個年輕店員的工作也變少了……如何如何。在戇伯只覺得是自己的眼睛在受著責難。[36]

當一家店的人手已足夠時，就會有裁員的必要，戇伯就這樣被開刀了，畢竟勞動力不比年輕人、又患有眼疾，不適合招待客人。眼疾這件事情已深深烙印在戇伯心中，所有的事情都可以與眼疾牽扯上關係，所以，「在戇伯只覺得是自己的眼睛在受著責難。」

（九）
貫世那蟾蜍一樣的肚子越來越鼓。他的脾臟腫了起來，一碰就痛。有時以為好了些，出來到門檻上曬太陽，突然又像被閃電打中一樣哆哆嗦嗦地顫抖起來。[37]

---

[36] 翁鬧著，黃毓婷翻譯，收錄於《破曉集》（臺北：大雁出版基地，2013.11 初版），頁 169。

[37] 翁鬧著，黃毓婷翻譯，收錄於《破曉集》（臺北：大雁出版基地，2013.11 初版），頁 169。

小說中貫世也是身心障礙的人物之一，還被鄰居開玩笑說他懷孕了，挺著個大肚子，與戇伯有些許的對話與對照。

（十）

金媼往加蓋的偏房那裡去了，不久，戇伯也走進房去休息，可是他的眼睛疼得讓他睡不著覺，僅是倒在床上胡思亂想。[38]

小說最後眼疾始終在戇伯的生活周遭，一刻也不離身。翁鬧通篇小說用「眼疾」與主角「戇伯」互動，實有刻意將其底層人物的形象再一次的打到更低，畢竟全篇小說中出現的人物幾乎都是底層人物，但為何戇伯在閱讀者眼中，會顯得更卑微、低下，甚至可憐，不外乎是多了一個元素：身心障礙，這也是本章所要處理的問題，身心障礙敘事在臺灣文學當中少許的學者在研究，所關注的文本也多在戰後小說。無論是金媼、戇伯或貫世，甚至文章後面的「獨眼龍」、假裝殘障的乞丐等等，這些身心障礙人物的描寫，除了反映社會現實下的生存困境，也反映出對於殖民者的政策有所懷疑，因此人物都為殘缺與破敗不堪來控訴，此為翁鬧小說中的敘事策略。

〈羅漢腳〉中羅漢腳在文末被車所撞，腳也因此殘了，此結尾可以看出幾點：一為被輕便車撞的羅漢腳本來可以活繃亂跳而在那一瞬間成為身心障礙人士，然而這樣的轉變讓他意識不清，

---

[38] 翁鬧著，黃毓婷翻譯，收錄於《破曉集》（臺北：大雁出版基地，2013.11 初版），頁172。

不知不覺。二為當他確定知道「員林」這個詞之後，而且也能坐上代表「現代性」產物的輕便車、到外面的世界看看時他的心是雀躍的，不在乎自己的疼痛和受傷，是一個強烈的諷論，原來可以到外面的世界看看比腿廢了這件事情還要重要、值得慶幸，就算是走同一條路（被撞時與出鎮時），都不會有恐懼與恐怖的回憶，而是一直觀看那不同以往的風景。翁鬧使用這樣的敘事策略，在於凸顯當時的社會環境連離開自己的居住地這件事情也都有困難，而用了一個「車禍事件」使羅漢腳腿殘，讓小人物更可憐、悲慘，但也因為這樣羅漢腳才有機會離開鎮上，看看外面的世界，很像交換條件似的敘事。

出車禍、腿殘這件事情實為小說的一個轉捩點，因為這樣的意外事故，羅漢腳可以暫時脫離本來的居住地，到外面的世界看看，這樣的空間移動在小說當中由輕便車為媒介、窗外的風景為印證，呈現這樣的移動是快速的、現代化的，原居地被翁鬧塑造成一個「前現代性」的空間，而員林則是「現代性」的大城市，羅漢腳認為這樣的非自願條件交換（腿殘換取出村至員林）很值得，也不顧自己的傷了，與從未見過的風景一起歡喜、期待。

本節論述翁鬧小說〈戇伯仔〉、〈羅漢腳〉中有為數不多的「身心障礙」人物，而身心障礙與底層人物如何在小說當中產生連結、互動，讓底層人物搭配上身心障礙而更卑下、更惹人憐，且翁鬧的敘事策略是將其與當時的社會情況、社會背景所接合，讓人不禁感慨小人物的悲哀，並從小說中看到其空間移動的敘事策略，呈現前現代性與現代性的嚮往與想像。

四、結語

　　本章探討日治時期臺灣文學作家翁鬧的小說作品，其小說作品因為英年早逝的關係所以為數只有六篇，其中〈戇伯仔〉以及〈羅漢腳〉皆以底層小人物為主角，但翁鬧因受到日本新感覺派的影響，所以在書寫小說時會有許多內心情感與跳躍式敘事，而在底層書寫部分則是講求寫實、現實主義的書寫策略，當新感覺／現代主義遇到底層書寫有何互動？有何特別之處？「身心障礙」人物也是不可忽略的部分，這些人物的設定造就了怎樣的小說敘事？影響又為何呢？以上概念，讓筆者試圖以重探翁鬧小說：聚焦於底層書寫與現代主義加以闡述與論述。

　　〈戇伯仔〉一文中翁鬧呈現了戇伯的無助、小人物形象，加上他的眼疾使他在找工作、生活上有許多的不便，這些都用很寫實的方式書寫出來，實為現實主義寫法，但在文中也有許多戇伯的內心感受、想像等等，讓許多的情節從寫實進入的魔幻然後再以現代主義的方式呈現，使這篇小說在現實與現代之間有了互動，而且也不會有所隔閡、甚至無縫接軌，異質的交混完整呈現。另外底層悲慘加上身心障礙的眼疾，使得戇伯在一文中顯得比其它底層人物更卑微、低下，翁鬧有這樣的敘事策略在於藉由此諷諭在殖民統治底下的臺灣人民、小人物的生存困境，並且用殘缺的身體讓其誇大、並且得到政府以及更多讀者的重視。

　　〈羅漢腳〉一文從五歲小孩的天真浪漫，不知員林是何處為始，被車撞腿殘然後送到員林。本篇小說的內心描寫比起另篇相對少了許多，但其跳躍式的敘述則相對多於另篇，本沒辦法到鎮外的世界看看的羅漢腳，因為一個意外讓他可以帶傷出鎮，筆者

梳理了翁鬧為何這樣設定情節的敘事策略，也極度懷疑其書寫背後的諷諭，更有許多學者指出其自傳性特色。

　　本章已處理兩篇翁鬧小說中現代主義與底層研究的互動與展演，透過身心障礙這樣的研究新取徑，對小說不因為偏失於很現代或是很寫實，卻用很底層、障礙的角色去展現其敘事策略，也因此使小說更完備。然而因身心障礙研究在臺灣文學中相對較少，希冀本章在身心障礙研究與臺灣文學研究中展開一個新的里程碑。

第二章　白先勇〈一把青〉小說與電視劇的懷舊書寫與文本轉譯

一、前言：從《臺北人》、電視劇與文化研究談起

　　一九六〇年代後的臺灣，因受到西方與日本現代主義文學思潮之影響，許多的小說呈現更趨於內心的描寫，然而當時的社會風氣、環境興盛書寫反共文學的風潮，現代主義文學變成臣服在反共文學之下。〈一把青〉為白先勇於 1966 年《現代文學》第 29 期發表之現代主義小說，而在 2015 年由黃世鳴改編、曹瑞原導演成為電視劇，引起一陣風潮與影迷追隨之。在文化研究的範疇當中，19 世紀的英國作家阿諾德（Matthew Arnold）將文化譽為「世間被想到的與說過的精髓」，並將「閱讀、觀察與思考」視為通往道德完美與社會共善的必要途徑。此一論點點出阿諾德對於將文化視為一種「高雅」的指標。然而英國文學家利維斯與利維斯夫人承襲阿諾德論點，認為文化是文明的極致表現，是少數菁英人士的關懷對象。然而，這樣的文化美學菁英主義的概念，威廉士（Raymond Williams）其對於文化的理解，強調文化日常、實踐生活的性格，更是「生活的全部方式」。文化有好壞之分、雅俗之分，問題核心在於美學、品質（aesthetic quality）問題（流行文化、肥皂劇）、形式與內容（寫實主義認識論、意

識形態分析）以及價值判斷問題。電視劇與電影的比較，以高雅文化和低俗文化之定義與相較之下，電影比較會被歸類為「高雅文化」，而電視劇則因流行、通俗則較被歸類於「低俗文化」的研究範疇與領域。[39]

〈一把青〉小說等相關前行研究，幾乎都是討論白先勇《臺北人》時論及的一小部分，臺灣幾乎沒有通篇討論〈一把青〉的論文，筆者推論係因小說字數與篇幅較短，在論述的過程資料、論點不足所以才會有此現象。因此，筆者遂找尋《臺北人》相關論述中有提及到〈一把青〉的論文進行文獻回顧與對話。張靜茹曾發表一文〈理想與現實的衝突——論白先勇筆下「臺北人」的挫折應對之道〉[40]，提及〈一把青〉主角朱青於國共內戰後，隨國民政府撤至臺灣，然而朱青與秦師娘的丈夫分別死於國共內戰與撤往海南島的路上，並提出造成《臺北人》小說中人物的挫折情境皆為戰爭所引起，並指出他們「耽溺於娛樂活動」、「自負心態的回憶」等來呈現這群人不願面對現實，企圖逃亡之人。此文對於筆者啟發極大，也因其發表時間較早，所以貢獻度甚大。徐天佑〈《臺北人》休閒娛樂之探討〉[41]可連接至張靜茹一文所提到的藉由娛樂活動逃離現實等問題。此文依然以《臺北人》中十四篇小說為主體，探討其中的休閒娛樂，〈一把青〉中的眷村

---

[39] 參見 Barker, Chris 著，羅世宏譯：《文化研究：理論與實踐》（臺北：五南，2010）。

[40] 張靜茹：〈理想與現實的衝突——論白先勇筆下「臺北人」的挫折應對之道〉，《中國現代文學理論季刊》第 13 期（1999.03），頁 122-145。

[41] 徐天佑：〈《臺北人》休閒娛樂之探討〉，《旅遊健康學刊》第 10 卷第 1 期（2011.12），頁 1-24。

休閒娛樂，描述早年孩童、青少年的休閒娛樂，可知當時不同孩童與青少年休閒娛樂的概況，想耍帥、趕流行、追時髦，但無形中在眷村傳統的禮俗下，隱含著眷村生活在歡愉中仍然遵循既有的一套老規矩。休閒娛樂因年齡不同會有所不同，也因時代背景的不同有所改變或被淘汰，更指出〈一把青〉中女性角色的休閒娛樂為聽收音機、打麻將、唱歌（東山一把青）等。但是此文純粹以「休閒娛樂」的視角去觀看《臺北人》小說中人物，並沒有詳細指出其背後的歷史意義與時代經驗，所以在娛樂方面的闡述補足了張靜茹一文，但是在背後意涵、為何有這些娛樂產生等問題是沒有處理清楚的，實為可惜。

山口守〈白先勇小說中的現代主義——《臺北人》的記憶與鄉愁〉[42]一文說明〈一把青〉描寫的是在南京時期曾經歷過瘋狂戀愛與婚姻的朱青，失去了丈夫後逃到臺灣，成為一名歌女；她透過和青年男子（小顧）交往而將昔日的記憶封存起來，在現實中堅韌地生存下去。與主人公那樣無法徹底地拋卻喪失感與鄉愁的女性形成鮮明的對照，朱青似乎已然只擁有現實的時間點而已，更指出〈一把青〉乃是由於過去之真實感的存在之故，現在的空虛感方因之而得以證實的小說。而黃啟峰〈主觀的真實——論臺灣現代主義世代小說家的國共內戰書寫〉[43]論及白先勇、李渝、王文興、郭松棻的戰爭題材之作品，白先勇〈一把青〉是當中特別從個人視角出發的戰爭書寫題材，小說以戰爭軍眷的角度

---

[42] 山口守：〈白先勇小說中的現代主義——《臺北人》的記憶與鄉愁〉，《臺灣文學學報》第十四期（2009.06），頁1-18。

[43] 黃啟峰：〈主觀的真實——論臺灣現代主義世代小說家的國共內戰書寫〉，《臺灣文學研究學報》第十九期（2014.10），頁9-49。

出發，從秦師娘的視角旁觀朱青的變化，進而帶出 1945 年空軍在南京的風光場景，也指出白先勇刻意運用了日常瑣事的鋪寫來做結，這種以「日常」瑣記處理「國族大事」的手法，具有現代主義手法的味道。

在中國的〈一把青〉研究部分亦出現數篇，且都從不同角度、視角分析小說。張訓濤〈《一把青》的精神分析解讀〉[44]一文提出短篇小說〈一把青〉除具有現實主義主題外，還具有佛洛依德主義的兩大主題：即死的本能和里比多說。此文試從這兩大主題出發，對〈一把青〉進行精神分析學的解讀。王艷平〈《一把青》的悲劇意識解讀〉[45]提出〈一把青〉中朱青的前後期生活的強烈反差，更能夠體現白先勇對人生無常的無奈，具有強烈的悲劇意識，此文從愛情、生命存在和歷史文化三個角度來解讀〈一把青〉的悲劇意識，深化對白先勇〈一把青〉的悲劇意識的理解。

總結上述臺灣與中國的相關前行研究可以得知，在〈一把青〉的研究成果主要是以日常生活、主角心境、國共內戰、現代主義、悲劇書寫等方向去討論，而比較特殊的即為張訓濤精神分析一文，但也離不開悲劇、死亡書寫方面，所以，筆者認為前行研究較少從「懷舊」視角去看此小說，雖然論文中多少都有提及到一些，但較無深入文本分析並析論，實為可惜。所以於本章第二節，筆者從「文本分析」的角度去析論、探討白先勇〈一把

---

[44] 張訓濤：〈《一把青》的精神分析解讀〉，《廣西社會科學》第九十三期（2003.03），頁 131-133。

[45] 王艷平：〈《一把青》的悲劇意是解讀〉，《文教資料》2011.02，頁 16-17。

青〉原創小說中的現代主義敘事與其中的懷舊書寫，並指出其中人物與大時代造成的集體失落感與「懷舊」、「感念」，無論是人、事、物，擴充了〈一把青〉小說的研究成果與面向。

然而，關於《一把青》電視劇研究來說，因為電視劇作品的產出時間尚近，尚未有許多人投入研究此電視劇，也因受到高雅文化、低俗文化之影響，認為電視劇等流行文化、文本相較於電影是不適合從事學術研究的。有鑑於此，筆者於第三節所要探討的即為〈一把青〉小說與《一把青》電視劇的文本轉譯問題，深入研究其中敘事策略的異同與改編原因為何，以及〈一把青〉改編為電視劇之條件等相關問題。電視劇為大眾的、流行的影視節目與傳播媒介，更貼近觀看者的日常生活與實踐，有些文學作品在創作、出版後仍然沒有造成市場注意與轟動，反而是翻拍完電視劇或是電影之後才被關注與閱讀，筆者認為〈一把青〉就是佳例，在《臺北人》等相關前行研究裡，〈一把青〉是常常被忽略的小說之一，多探討〈永遠的尹雪艷〉、〈孤戀花〉、〈遊園驚夢〉等，如曾秀萍論文〈從「臺北人」到「雙城記」：《孤戀花》的城市再現、性別政治與家園想像〉[46]、蘇偉貞論文〈為何憎恨女人？：《臺北人》之尹雪艷案例〉[47]、劉蘋、廖馨〈〈遊園驚夢〉的身體美學〉等文。所以綜上，本章將指出小說的懷舊現代主義書寫以及小說與電視劇之間的文本轉譯體現了同一主

---

[46] 曾秀萍：〈從「臺北人」到「雙城記」：《孤戀花》的城市再現、性別政治與家園想像〉，輔仁大學藝術學院編《第五屆國際青年學者漢學會議：表演與視覺藝術領域中的漢學研究》（臺北：輔仁大學，2007），頁133-153。

[47] 蘇偉貞：〈為何憎恨女人？：《臺北人》之尹雪艷案例〉，《臺灣文學學報》第十四期（2009.06），頁77-106。

題、不同風貌的《一把青》，而其改編實是為了迎合觀眾與閱聽人的接收與反應，且更發現其探討價值與空間。

二、〈一把青〉之現代主義敘事與懷舊書寫

臺灣自六〇年以降，可說是臺灣文學的繁花盛開期，特別是在「現代主義」的鮮明旗幟下，諸多作家如：白先勇、王文興、七等生等人，不論在書寫主題與作品的藝術經營上，已能以極具個人化的書寫風格，交出具影響力，甚至在時間淘汰後，成為當代文學經典的作品。因此，在文學史上，常常將「六〇年代現代主義文學」標舉為一段在臺灣的「現代化」進程中，文學以多方的試驗來體現「現代」精神，內容與形式皆然，並產製出重要作品之文學輝煌期。[48]

在進入文本之前，筆者須要先處理西方、日本現代主義進入臺灣時之狀況與闡釋。現代主義起源於十七世紀工業革命後的西方國家，爾後才傳到非西方國家，西方現代主義文學致力於描繪現代人時空體驗之文學流派。透過文化與接觸之影響，臺灣作家亦反向地精煉了自我內心探索的書寫視角。[49]根據劉禾提出的「跨語際實踐」[50]筆者從中了解，凡非西方國家的現代主義文

---

[48] 參閱蕭義玲：〈禁忌與創造——六〇年代現代主義文學的興起〉，《幼獅文藝》第739期（2015.07），頁32。

[49] 蕭義玲：〈禁忌與創造——六〇年代現代主義文學的興起〉，《幼獅文藝》第739期（2015.07），頁34。

[50] 劉禾：《跨語際實踐：文學，民族文化與被譯介的現代性》（中國：生活‧讀書‧新知三聯書店，2008.03），頁1-8。

化,均為西方現代主義的模仿或是亞流,無法跳脫非原創性的宿命,文化翻譯的過程會將西方的現代主義在進入非西方國家後產生變質,甚至有差異。[51]而邱貴芬的論文〈「在地性」的生成:從臺灣現代派小說談「根」與「路徑」的辯證〉提到現代性時間的落後並不是問題,因其「在地性」的特色會使臺灣的現代主義變得獨特且臺灣獨有。[52]白先勇受到西方現代主義之影響,許多作品也都呈現所謂「在地化的現代主義敘事」,且找到一種更新的文字技巧與敘事手法,以傳達日愈複雜的情感體驗。筆者在此提到因現代主義翻譯進入到臺灣,影響白先勇、王文興等現代主義作家相當深,更創辦了《現代文學》。所以,筆者在此想提出的是,翻譯過後的產物,無論是思潮、文本等等,筆者所主張的是與原型的不同,而且是有其特殊性存在的,臺灣現代主義小說所呈現的敘事策略,會因在地環境、社會文化等因素呈現與西方不同的風貌與敘事策略。

　　「懷舊」一詞始見於十七世紀末,本是一種疾病、思鄉症候群(homesickness),後來所指的是離鄉之後思鄉情切、誤把他鄉當作故鄉。到了十九世紀,這個詞彙逐漸變成遠離現在,而對過去的黃金時代產生憧憬,所以對「現代化」有所反動,對「現代主義」和「現代化」形成論述反抗的抗拒行為。但在後現代論述當中,詹明信提出「對當下的舊戀」,懷舊也漸漸形成一種意

---

[51] 參閱朱惠足:〈「現代」與「原初」之異質交混:翁鬧小說中的現代主義演繹〉,《臺灣文學學報》第 15 期(2009.12),頁 2。

[52] 邱貴芬:〈「在地性」的生成:從臺灣現代派小說談「根」與「路徑」的辯證〉,《中外文學》第 34 卷第 10 期(2006.03)。

欲改寫歷史張力，因而衍生出一種特殊的力道。[53]

　　白先勇短篇小說〈一把青〉先刊載於其創辦之刊物《現代文學》第二十九期（1966 年），而後於 1971 年與其他小說作品集結成《臺北人》一書並出版，小說主要述說之內容為：1945 年，國民政府還都南京，主角郭軫跟隨空軍回到南京。在南京時他認識了女主角朱青（害羞青澀的金陵女中學生），他們最後在師娘的見證下結婚。但新婚當晚，郭軫所屬之空軍部隊要北上參與戡亂戰事，郭軫與朱青因此分隔兩地。爾後，他在徐州發生空難之消息傳回南京的空軍眷村，朱青聽到消息相當傷心，師娘害怕朱青做傻事，在療傷的期間常常在她身邊照顧。最後，師娘與朱青都因為戰事吃緊而離開了南京，此後二人再未有聯絡。到了臺北後，師娘（秦老太）在一次空軍的晚會中重遇朱青，她已從一位女學生變成風情萬種的熟女。同樣的，有一位空軍的男友，叫小顧。最後，小顧與郭軫一樣，發生空難，其座駕在起飛後不久墜毀。師娘害怕朱青會像在南京那次一樣做傻事，但朱青已判若兩人，沒有傷心的感覺。最後小說以朱青唱出當時之名曲〈東山一把青〉做結尾。從結構上來看，本篇小說主要分為兩大部分，「上」部回憶朱青在南京的過往，「下」部將記憶拉回，述說秦老太或敘事者我在臺北與朱青重逢之事。[54]小說之歷史背景為國共內戰使之，有深厚的歷史淵源與佐證，而白先勇卻用相當現代主義的敘事策略操作整篇小說，此互動與相互展演造就了怎樣的〈一把青〉。

---

[53] 參閱廖炳惠：《關鍵字 200》（臺北：麥田出版，2003.9），頁 179-180。
[54] 參閱李奭學：《三看白先勇》（臺北：允晨文化，2008），頁 45。

第二章　白先勇〈一把青〉小說與電視劇的懷舊書寫與文本轉譯

　　《現代文學》的發刊詞提到：「我們感於舊有的藝術形式和風格不足以表現我們作為現代人的藝術情感。所以我們決定試驗，摸索和創造新的藝術形式和風格。」〈一把青〉小說中通篇使用大量現代主義敘事與懷舊書寫，小說中的人物更趨內心、情感更加豐沛，也有許多的離返懷念，呈現出近似於「意識流」的書寫策略，白先勇是現代主義文學成功的實踐作家之一。至此，筆者將用「文本分析」之研究方法，析論小說中的現代主義敘事與懷舊書寫。

　　女主角朱青因飛行員男主角郭軫接收到作戰的通知，在與朱青新婚當晚就與大隊長等夥伴出隊，這時，在小說中描述了朱青想念郭軫的痛苦與掙扎：

> 朱青在她房裏，我走進去她也沒有聽見。她歪倒在床上，臉埋在被窩裡，抽抽搭搭的哭泣著。她身上仍舊穿著新婚的艷色絲旗袍，新燙的頭髮揉亂了，髮尾子枝枒般生硬的張著。一床繡滿五彩鴛鴦的絲被面被她搓得全是皺紋。在她臉旁被面上，卻浸著一塊碗大的濕印子。……朱青滿臉青黃，眼睛腫得瞇了起來，看著愈加瘦弱了。我走過去替她抿了一下頭髮，絞了一把熱手巾遞給她。朱青接過手巾，把臉搗住，重新又哭泣起來。[55]

　　上述描摹朱青依然著新婚的艷色絲旗袍，此表示從他們新婚到郭軫出隊的時間相隔不久，更顯示出朱青不捨結婚時的開心時

---

[55] 白先勇：《臺北人》（臺北：爾雅出版，2002.02），頁 76。

光與甜蜜的紀念等,因為她不曉得這次郭軫出隊是否還會安全回來與她團聚;頭髮亂了、五彩鴛鴦絲被被搓得全是皺紋,從此可看出朱青的懷念、不捨的想法與髮絲一樣胡亂飛舞,然後內心的掙扎與糾葛如被子的皺紋一樣找不到解開的樞紐;青黃的臉、哭腫的眼睛與瘦弱的身軀,是思念與想念的具象呈現。以上,從許多的物品、形象與動作,可看出因思念與想念而導致朱青情感宣洩的迸發與內心想像,此段為現代主義敘事之書寫策略的表現,此策略是用文學藝術手法讓文學作品精緻化、內心化,以及更貼近現實與真實的想法。

師娘(小說的敘事者「我」)對於這種分離的經驗遠遠超過第一次與君分離的朱青,所以說道:

> 「頭一次,乍然分離,總是這樣的——今晚不要開伙,到我那兒吃夜飯,給我做個伴兒。」[56]

在只有女人、眷屬的南京仁愛東村,因男人們都去作戰,她們必須相互扶持、堅強面對,更重要的是生活還是要繼續過下去,此句對話呈現了女人們自成一格的「想像的共同體」,在沒有男人的日子、一起生活、打拚,過得好,迎接自己的丈夫回家。

但是,小說的情節總是會有高潮迭起與意外發生,這樣的書寫策略除了增加故事情節之外,更使得讀者會隨著情節的起伏而更進入文本當中,這亦為現代主義小說在情節、故事的藝術化、

---

[56] 白先勇:《臺北人》(臺北:爾雅出版,2002.02),頁 76。

精緻化的一部分。郭軫在徐州發生空難，等待丈夫歸來許久的朱青不能接受丈夫殉職的事實：

> 朱青剛才一得到消息，便抱了郭軫一套制服，往村外跑去，一邊跑一邊嚎哭，口口聲聲要去找郭軫。[57]
> 朱青整天睡在床上，也不說話，也不吃東西。每天都由我強灌她一點湯水。幾個禮拜，朱青便瘦得只剩下了一把骨頭，面皮死灰，眼睛凹成了兩個大窟窿。[58]

朱青當下第一直覺的反應，是抱著郭軫一套制服，往村外奔跑，口中一直說要找郭軫，此一敘事可以看出郭軫的制服是朱青懷念郭軫的一個媒介，真正的「人」沒了，屍骨無存，但屬於他的「物」還在，象徵著朱青對於懷念人的失落、絕望轉向而投射至其制服，筆者判斷此為一情感轉移與改向的現代主義敘事，更存有懷舊的書寫策略在其中。朱青受此打擊後，不吃、不喝，面皮死灰，從第二段引文可以看出活人與死人已越來越接近，更顯示其對未來的絕望與沒落，所以朱青用了較斥責的話語說：

> 「他知道什麼？他跌得粉身碎骨哪裡還有知覺？他倒好，轟地一下就沒了——我也死了，可是我卻還有知覺呢！」[59]

---

[57] 白先勇：《臺北人》（臺北：爾雅出版，2002.02），頁 80。
[58] 白先勇：《臺北人》（臺北：爾雅出版，2002.02），頁 81。
[59] 白先勇：《臺北人》（臺北：爾雅出版，2002.02），頁 81。

小說「下」部部分，進入到「臺北」，因國民政府撤退來臺，朱青與師娘也從南京來到了臺灣，但她們並沒有一起，敘事者我秦老太（師娘於下部多用此稱）在一開始就有懷舊的情感投射出現：

> 來到臺北這些年，我一直都住在長春路，我們這個眷屬區碰巧又叫做仁愛東村，可是和我在南京住的那個卻毫不相干，裏面的人四面八方遷來的都有，以前我認識的那些都不知分散到哪裡去了。[60]

秦老太依然住在所謂的「仁愛東村」，但是此村非彼村，以前的故人、生活與種種都已飛散了，秦老太開始懷念以前的生活，畢竟中間經過逃亡、離散，更從中感生了懷鄉之感。這樣的想念、懷舊明顯呈現情感面、內心面的現代主義書寫，更趨向內心、個人，更點出來敘事者我對於故鄉的懷舊。

緊接，作者除了營造假想於同一個居住環境的書寫策略之外，還運用「音樂」來勾起秦老太對於南京這個地方與生活的懷念與記憶，也連結到與朱青的再次重逢。

> 「秦婆婆，這首歌是什麼名字？」李家女兒問道，她對流行歌還沒我在行。我的收音機，一向早上開了，睡覺才關的。
> 「〈東山一把青〉。」我答道。

---

[60] 白先勇：《臺北人》（臺北：爾雅出版，2002.02），頁82。

這首歌,我熟得很,收音機裏常收得到白光灌的唱片。倒是難為那個女人卻也唱得出白光那股懶洋洋的浪蕩勁兒。[61]

〈東山一把青〉,此歌從上述引文中可以推測,在南京時師娘與朱青是常常聽這首歌的,也許是在打麻將時、也許是在想念丈夫時等等都有可能,所以來到臺灣,秦老太依然記得這樣一首對自己的生活經歷、經驗占有相當分量的歌曲。

「師娘!」
我一回頭,看見叫我的人,赫然是剛才在臺上唱〈東山一把青〉的那個女人。來到臺北後,沒有人再叫我師娘了,個個都叫我秦老太,許久沒有聽到這個稱呼,驀然間,異常耳生。
「師娘,我是朱青。」那個女人笑吟吟的望著我說到。[62]
「你把地址給我,師娘,過兩天我接你到我家去,現在我的牌張也練高了。」[63]
可是見了她那些回數,過去的事情,她卻一句也沒有提過。我們見了面總是忙著搓麻將。[64]

「師娘」這個稱呼,也是一個喚起記憶與懷舊的關鍵詞,因

---

[61] 白先勇:《臺北人》(臺北:爾雅出版,2002.02),頁83。
[62] 白先勇:《臺北人》(臺北:爾雅出版,2002.02),頁85。
[63] 白先勇:《臺北人》(臺北:爾雅出版,2002.02),頁85。
[64] 白先勇:《臺北人》(臺北:爾雅出版,2002.02),頁89。

為這個稱呼來到臺灣後就沒有人在使用了,所以當有人叫「師娘」,此意味著記憶與故人一一來到自己的腦中或是身旁,像是尋回失蹤已久的東西似的。朱青與師娘也終於在此時相遇。相遇也不忘要繼續保持聯絡,她們於南京時就是靠著打牌(打麻將)來消磨時間、休閒娛樂,也是怕自己會一直想念丈夫而常常以打牌(打麻將)取代懷念,在此也點出因「打牌」而勾起懷舊、回憶與記憶。但是朱青對於舊時的記憶,筆者指出因為朱青經歷過郭軫殉職事件,所以她不願意回想這些事情,爾今在臺北,也發生了她的男朋友小顧(同樣為飛行員)殉職的事件,呈現兩種完全不一樣的態度,除了年長後更成熟之外,筆者認為此為逃避面對,將這些逃避後的情感宣洩全部集中在打牌(打麻將)上,所以最後一句引文,她與秦老太見了面總是打麻將。此一敘事呈現其現代主義之感,封閉個人感情,雖然小說當中並沒有直接描寫出這樣的情感流動與感覺,但從其背後的意涵來看實為現代主義的呈現。

> 來到臺灣,天天忙著過活,大陸上的事情,竟逐漸淡忘了。老實說,要不是在新生社又碰見朱青,我是不會想起她來了的。[65]

因來到臺灣後的生活環境與挑戰,是沒有空閒想念與懷舊以前的事情與家鄉的,此為秦老太的自語片段。

---

[65] 白先勇:《臺北人》(臺北:爾雅出版,2002.02),頁 86。

> 朱青不停的笑著,嘴裡翻來滾去嚷著她常愛唱的那首〈東山一把青〉。隔不了一會兒,她便哼出兩句:
> 噯呀噯噯呀,
> 郎呀,採花兒要趁早哪──[66]

　　最後,朱青雖已將其痛苦與不想想起之懷舊與記憶封住,但是〈東山一把青〉此一代表回憶與人生的歌曲依然陪伴著朱青,不時還會在嘴上哼哼唱唱,可見其懷念之感仍然豐沛、不可忘懷。

　　本節爬梳白先勇小說〈一把青〉中的現代主義敘事與懷舊書寫,從西方現代主義文學進入臺灣爾後影響白先勇等作家開始創作更具文學藝術與個人化、內心化的文學作品開始,再來進入到小說文本當中析論現代主義敘事的文學藝術技法、個人內心的呈現、以及包裝過後的情感轉移敘事等部分,筆者指出小說藉由國共內戰之歷史敘事搭配現代主義的文學筆法使得此小說的文學性、情節鋪陳與高潮迭起更吸引讀者,也使小說之呈現更飽和。緊接下一節,筆者將處理同一主題、題材之小說與電視劇之間的文本轉譯問題。

---

[66] 白先勇:《臺北人》(臺北:爾雅出版,2002.02),頁 93。

三、從小說到電視劇：《一把青》文本轉譯的敘事策略

現在我們談到「一把青」，此名讓人有許多的指涉，它可以是小說作品、也可以是影視作品。若是聚焦觀之，便可以發現臺灣的文學作品常常被改編成電影或是電視劇重新呈現在觀眾面前，將白先勇〈一把青〉小說翻拍、改編成電視劇這件事情，引領筆者深入思考其中的媒介轉譯過程，《一把青》故事劇情與相關的主體能動性，以及文學文本與電視劇文本之間的幽微複雜的再現／被再現／如何再現等問題與關係。本節所要處理的問題有以下幾點：從〈一把青〉（小說、1966）、《一把青》（電視劇、2015）的文本轉譯過程、敘事策略為何？媒介之更改與轉變如何運作？為何小說到電視劇會有如此修改？小說中的「懷舊」是否經過媒介轉譯後有被電視劇再現？保留呢？接下來，本節即從人物異動、敘事方式、故事情節增添等方向進行分類析論與研究，筆者將從不同視野來處理上述的問題意識並解決。

（一）人物異動

〈一把青〉原著小說中所出現的人物相較於電視劇來說是少的，然而電視劇中因情節與改編、鋪陳的需要所以會增添許多人物，有些小說出現的人物也在電視劇中稍微改變或是改名，以下以表格呈現小說與電視劇當中之主要人物、次要人物。

表 2-1：〈一把青〉小說人物列表[67]

小說主要人物	秦師娘（秦老太）、朱青、偉成、郭軫、小顧。
小說次要人物	周太太、徐太太、一品香老板娘、小劉、小王。

表 2-2：《一把青》電視劇人物列表[68]

電視劇主要人物	秦芊儀（師娘）、朱青、小周（周瑋訓）、江偉成、郭軫、小邵（邵志堅）、小顧（顧肇鈞）、墨婷（靳墨婷、邵墨婷）。
電視劇次要人物	老韓（九大隊隊長）、老鞏、樊任先（樊處長）、王剛、汪影、小白、葛瑞琴牧師、靳旭輝、張之初、師娘叔叔、約翰。

　　兩個文本當中，主要人物的部分基本上只有些許的變動，如電視劇增加副隊長小邵（邵志堅）、墨婷（靳墨婷、邵墨婷），兩個皆為電視劇中不可或缺的人物，與郭軫、朱青、秦師娘等原本在小說當中就是主要的人物互動極高。再來，小說當中，一名為「小周」的鄰居敘事者我只是草草帶過，但在電視劇中將其拉升為主要人物「周瑋訓」，與朱青、秦芊儀三人有許多的交手戲份。而在人物稱呼上，有些人物有些微的調整，例如小說中的秦師娘本沒有名字，而電視劇將其取名為「秦芊儀」、偉成加上姓為「江偉成」、小顧為其取名為「顧肇鈞」。最後，許多的次要人物在電視劇中出現，例如擔任十一大隊地勤要職的老鞏、金陵

---

[67] 參閱白先勇：《臺北人》（臺北：爾雅出版，2002.02），頁 69-93。

[68] 參閱曹瑞原導：《一把青》電視劇（2015）。

女大的牧師葛瑞琴牧師、九大隊隊長老韓、朱青的美國情人約翰等，因為他們的出現使得電視劇的情節與小說產生相當大的差異與不同，更出現改變情節的策略發生。

（二）敘事方式

〈一把青〉的小說與電視劇在結構與敘事方式上面有很大的不同：小說分成上下兩部分，上部主要述說在南京的生活、戰事與情節等；下部則是述說當敘事者我與主角從南京來到臺灣後的種種、記憶、相遇等等。小說上部到下部，從頭到尾都是以秦師娘的觀點（敘事者我）來述說朱青的故事，所以也因這樣的敘事可以看出其女性視角書寫的特色與策略，白先勇的作品有許多的敘事者是以女性為主，也看出其細膩書寫、內心描述的功力。

《一把青》電視劇的敘事方式與小說大不相同，它打破小說由秦師娘的第一人稱觀點來說故事的方式，而是創造出一個新的角色「墨婷」為敘事主線，再以各主要人物（秦芊儀、朱青、小周、江偉成、郭軫、小邵等）自成一線，互動演繹整個故事與情節，更突破小說中以女性視角為核心的敘事策略，電視劇運用男性、女性相交互演繹，更凸顯電視劇的特色與電視劇的不同。

前一節筆者著力於小說中的懷舊書寫與現代主義敘事，而媒介轉譯後的電視劇敘事，是否刻意保留了主角、情節的「懷舊」呢？筆者經過上述小說的文本分析段落與電視劇的情節對比下，是有的。筆者所分析的段落──在電視劇中用影像再現出來，雖然媒介不同，但都試圖表現出人物主角、對大時代崩落的懷舊感、想念。

（三）故事情節增添

〈一把青〉原著小說篇幅不長，全文約一萬字，而電視劇之改編劇本卻長達四十五萬字，電視劇因此有三十一集之多，每集長達六十分鐘，而最後一集則有九十分鐘，從此部分可以觀察出不同的文本當中所呈現的同一主題、故事必定會有所差異以及情節的增添必要，筆者推論是為了迎合閱聽者、觀眾的口味去修改、翻譯，以下以表格呈現小說與電視劇之劇情概要。

表 2-3：〈一把青〉小說情節概要[69]

小說分部	地點	情節概要
上部	南京	1945 年，國民政府還都南京，主角郭軫跟隨空軍回到南京。在南京時他認識了女主角朱青（害羞青澀的金陵女中學生），他們最後在師娘的見證下結婚。但新婚當晚，郭軫所屬之空軍部隊要北上參與戡亂戰事，郭軫與朱青因此分隔兩地。爾後，他在徐州發生空難之消息傳回南京的空軍眷村，朱青聽到消息相當傷心，師娘害怕朱青做傻事，在療傷的期間常常在她身邊照顧。最後，師娘與朱青都因為戰事吃緊而離開了南京，此後二人再未有聯絡。

---

[69] 參閱白先勇：《臺北人》（臺北：爾雅出版，2002.02），頁 69-93。

小說分部	地點	情節概要
下部	臺北	到了臺北後，師娘（秦老太）在一次空軍的晚會中重遇朱青，她已從一位女學生變成風情萬種的熟女。同樣的，有一位空軍的男友，叫小顧。最後，小顧與郭軫一樣，發生空難，其座駕在起飛後不久墜毀。師娘害怕朱青會像在南京那次一樣做傻事；但朱青已判若兩人，沒有傷心的感覺。最後小說以朱青唱出當時之名曲〈東山一把青〉做結尾。

表 2-4：《一把青》電視劇情節與分集概要[70]

集數	地點	情節概要
第一集	臺北→南京	晚年的周瑋訓回想自己與秦師娘、朱青的種種。朱青開始啟程尋找 513、與郭軫第一次的相遇。
第二集	南京	郭軫歸隊、搶回生命，朱青轉入金陵女大，也當了小周（第十一大隊副隊長）女兒墨婷的家庭教師。
第三集	南京	郭軫因戰敗之陰影，想離開十一大隊，不想繼續當飛行員。

---

[70] 參閱曹瑞原導：《一把青》電視劇（2015）。

第二章　白先勇〈一把青〉小說與電視劇的懷舊書寫與文本轉譯

集數	地點	情節概要
第四集	南京	郭軫帶領之十一大隊與九大隊比賽贏得新飛機。
第五集	南京	郭軫開始積極追求朱青。江偉成（第十一大隊長）預計赴美受訓。
第六集	南京	郭軫被勒令退伍，朱青的姨丈勸她離開南京前往廣州。
第七集	南京	秦師娘的叔叔從老家到南京探望，王剛救山火逾時未歸。
第八集	南京	江偉成開始從事行政職工作訓練，小周找郭軫商量頂罪，朱青勸退郭軫不要頂罪。
第九集	南京	朱青終於接受郭軫追求，但師娘非常不贊同他們在一起。江偉成預計轉調洛陽分校擔任教官。
第十集	南京	警察要抓朱青，因為懷疑朱青之父私吞運金船，誰知是被江偉成意外炸掉的，而此事件朱青已知。
第十一集	南京	朱青與郭軫私奔。師娘拜託朱青別讓偉成坐牢。
第十二集	南京	偉成、郭軫進監服刑，小邵（原副隊長）升大隊長暫代江偉成之位，而首戰吃敗仗。

47

集數	地點	情節概要
第十三集	南京	分隊長們聯署簽名，請求十一大隊換新隊長。日子變了，因戰事需求偉成、郭軫出獄作戰。師娘不准郭軫、朱青辦婚事，因為不想朱青與自己一樣過著提心吊膽、徬徨的日子。
第十四集	南京	郭軫、朱青結婚了，但十一大隊依然要出隊作戰，前往東北。
第十五集	南京	小邵與舊情人碰面，師娘想離開仁愛東村回到家鄉，偉成相當生氣。
第十六集	南京	菜鳥飛行員小顧初登場，王剛在護航回南京時不慎墜機。
第十七集	南京	江偉成東北作戰不順，長官常常下錯誤決策，朱青因小顧導致不慎流產。
第十八集	南京	小顧上東北前線作戰，郭軫知道小顧喜歡朱青，更知道因他導致朱青流產。
第十九集	南京	村裡莫名被送了堆來自紙錢店的紙糊飛機，連結至下集第十一大隊全毀。
第二十集	南京→臺北	第十一大隊油料用盡，郭軫戰死，偉成、小邵苟活，國民政府退至臺灣，在逃離的過程中師娘遭人性侵，而在船上師娘將其槍殺。朱青前往東北尋找郭軫。

集數	地點	情節概要
第二十一集	臺北	移居臺灣，小周一家人與汪影等人依然住在仁愛東村，墨婷已是市二女學生，小顧交接汪影。
第二十二集	臺北	小周尋回師娘，因偉成腳不方便沒辦法繼續擔任飛行官，所以轉站地勤。
第二十三集	臺北	小邵、小顧出任機密任務。
第二十四集	臺北	小周、師娘在舞會與朱青重逢，發現朱青是做小的，然而凸顯出朱青已經有很大的轉變。
第二十五集	臺北	偉成病情惡化，芊儀找到叔叔，但他卻經商失敗，小周請求朱青幫忙找人。
第二十六集	臺北	小邵接舊情人來臺。
第二十七集	臺北	約翰拋棄朱青回美國，朱青與汪影在酒店相遇，承認自己是雙面諜，而小邵因隊員叛逃被調查。
第二十八集	臺北	小周、師娘出賣朱青，導致朱青入獄。
第二十九集	臺北	偉成自殺，樊處長退伍。
第三十集	臺北	師娘入獄換朱青出獄，墨婷寫陳情信給蔣總統，請求確實調查。小顧前往美國受訓。
第三十一集	臺北	小顧執行任務而殉職，保師娘出獄。

從上述表格中可以觀察到，小說與電視劇在故事情節的敘事有很大改變，主要有以下幾點差異、增添：

1. 故事開場與情節順序：小說以順序法來鋪陳整個故事，從中國大陸南京回憶到臺灣臺北，但是電視劇的一開場，人物與地點皆在臺北，呈現的是小周、小邵年老、墨婷結婚生子後之回憶、感慨，再連結到南京時的朱青尋找513的順序情節當中，實為特點之一。

2. 與小說上部相比較而增加之情節（南京時期）：電視劇主要增加之情節有第二集朱青成為墨婷之家庭教師、第三集郭軫不想繼續當飛行員之心境轉折、第四集第十一大隊與第九大隊比拚為了爭奪新飛機、第五集偉成要前往美國受訓、第六集郭軫被勒令退伍，朱青的姨丈勸她離開南京、第七集師娘的叔叔從老家到南京探望，王剛救山火逾時未歸、第八集小周找郭軫商量頂罪事宜、第九集師娘不贊成郭軫、朱青結婚，與小說當中師娘贊成他們結婚不一樣、第十集朱青之父死亡之迷事件、第十一、二集偉成、郭軫進監服刑，小邵升大隊長暫代江偉成之位、第十五集小邵與舊情人之經過與碰面、第十五到二十集東北戰事的詳細經過與情節增加。

3. 與小說下部相比較而增加之情節（臺北時期）：此部分在小說當中集中在秦老太與朱青的相遇、朱青的轉變等，但在電視劇當中增添了更多情節，甚至有偏離原本小說的走向與敘事出現，所以筆者使用大範圍與方向的比較，不與第二點一樣用集數之添增、差異為方式。朱青在小說當中是與男朋友小顧在一起，但是在電視劇當

中加入美軍約翰這個角色，朱青也做了他的小的。芊儀、小說被懷疑為間諜這個情節也是小說當中所沒有的，想當然朱青、秦師娘的牢獄之災也是電視劇的獨有情節與故事；結尾的部分小說是以〈東山一把青〉這首歌的歌詞結束本小說，而電視劇是以朱青的背影以及鏡頭的拉遠作為結束，雖然兩種結束的方式有所改變與不同，但筆者在這邊指出，這兩種敘事策略都有現代主義之感，讓讀者擁有許多想像的空間與情節。

　　本節從小說到電視劇，探討〈一把青〉的文本轉譯的敘事策略有何不同，筆者從兩者之人物異動、敘事方式、故事情節增添三方面來探討，指出兩者的差異之處為何，並且說明因應文字或是影像的呈現需求，電視劇加入了戲劇效果與元素，與小說敘事相較之下，更活潑、更貼近觀眾與閱聽者之需求，因此才會有此敘事策略。

四、結語

　　臺灣戰後的小說因受到西方現代主義之影響，其作品之呈現方式多著重內心描寫、文學藝術與技巧、技法等等，白先勇為臺灣現代主義作家之代表，其短篇小說作品〈一把青〉中有許多的懷舊的情節與書寫，更呈現出小說主角與情感更具內心、私我；而於 2015 年〈一把青〉小說作品被改編成為《一把青》電視劇，從小說到電視劇，其中的敘事策略有何不同？轉變又是如何呢？這樣的改編造成怎樣的影響等。有鑑於此，本章就以這兩大

主題為主要析論內容，以文本分析與比較之研究方法研究白先勇的一把青。

　　本章前言先從文化研究、臺北人與電視劇研究談起，並且尋找相關的文獻回顧與探討，發現電視劇的研究相較於電影研究是大大的不足，而且因《一把青》電視劇作品相當新穎，所以目前除了一些網路上的評論之外，專屬於此主題之電視劇論文目前仍少，所以筆者將從小說中的懷舊書寫與小說到電視劇的文本轉譯為中心論述。

　　第二節探討〈一把青〉小說的懷舊書寫，筆者用文本分析的方式詳細析論小說中主角的內心懷念、文學藝術與技巧等等，指出白先勇在戰後因受到西方現代主義之影響而呈現出具有「在地（臺灣）特色的現代主義小說」。第三節討論小說到電視劇文本轉譯的敘事策略之不同、差異等等，白先勇的小說作品常常被改編成電視劇，所以從文字轉化成影像，電視劇（電影）文本與文學文本之間的互動與對照，形成文本對照與再現現象。本節指出電視劇與小說對於人物異動、敘事方式、故事情節增添人物的改編，是為了讓觀眾能夠更深刻了解、喜愛這樣主題的電視劇，因為文字與影像的媒介不同，電視劇的呈現比文字呈現出來的內容更真實、貼近生活，也更被閱聽者廣為接受。

　　本章已探究小說的懷舊現代主義書寫以及小說到電視劇之間的文本轉譯之問題與改變為何，筆者亦闡述了這樣體現同一主題、不同風貌的《一把青》，其改編實是為了迎合觀眾與閱聽人的接收與反應，且更發現其探討價值與空間。

第三章　白先勇《孽子》文獻回顧再探討：兼論文本轉譯與電影敘事

一、前言：電視劇與《孽子》

　　紀大偉於《正面與背影：臺灣同志文學簡史》[71]中提到臺灣同志文學發展大約可以分為三個時期：啟蒙期（1950～1987）、發展期（1987 年解嚴後至九〇年代）、沉澱期（九〇年代以後）。白先勇的《孽子》於 1983 年出版，當時的社會環境與社會氣氛仍然處於戒嚴時期當中，更因受到國家反共思想影響，出現的同志相關議題的文學作品也都偏向保守。在 1960 年後，臺灣因受到現代主義文學思潮之影響，更趨於內心的描寫，然而因當時興盛反共文學，現代主義文學變成臣服在反共文學之下，同志文學亦然。同志文學的特色經常以「家」為主題，描述不被原生家庭接受或離家另組自己的家庭等議題，以及接受自己對同性情慾的認同，著重內心世界描寫與烏托邦（嚮往國外）等等。[72]從上述綜觀同志文學啟蒙時期之臺灣社會背景與小說可以得知，

---

[71] 紀大偉：《正面與背影：臺灣同志文學簡史》（臺南：國立臺灣文學館，2012.10），頁 13-15。

[72] 紀大偉：《正面與背影：臺灣同志文學簡史》（臺南：國立臺灣文學館，2012.10），頁 29-34。

白先勇同志文學《孽子》雖然呈現了同志情誼與內心描寫，但仍趨向保守。再來，觀看白先勇《孽子》與其他作品（如〈金大班的最後一夜〉、〈孤戀花〉等）有被翻拍成「電影」或「電視劇」，是白先勇作品的再現，1986年《孽子》電影上映，隔年便解除戒嚴，而2003年《孽子》電視劇開播便引起廣大迴響與爭議，也因臺灣同志文學已從啟蒙期進入到發展期的關係，文學、影像文本更被專家學者所關注與重視。

因此，本章將探討小說與電視劇的文本轉譯問題，探討其中敘事策略的異同與改編原因為何，以及《孽子》改編為電視劇之條件與特色等相關問題。電視劇為大眾的、流行的影視節目與傳播媒介，更貼近觀看者的日常生活與實踐，有些文學作品在創作、出版後仍然沒有造成市場注意與轟動，反而是翻拍完電視劇或是電影之後才被關注與閱讀，筆者將指出小說與電視劇之間的轉譯體現了同一主題、不同風貌的《孽子》，而其改編時是為了迎合觀眾與閱聽人的接收與反應，且更發現其探討價值與空間。

二、論述豐厚仍需突破：《孽子》研究回顧與展望

與白先勇相關之同志議題、《孽子》小說、電影、電視劇與空間理論的前行研究已相當豐碩，本章所要聚焦的概念為小說文本與電視劇文本之間的文本再現問題，與同志國的形成與想像的共同體的關聯性與連結問題。至此，本節的文獻回顧，筆者將其分為二大部分對前行研究做詳細析論：（一）《孽子》小說研究回顧。（二）《孽子》影像文本研究回顧。

（一）《孽子》小說研究回顧

　　1983 年白先勇的同志小說《孽子》[73]由遠景出版社集結出版，至此本小說與白先勇才開始引起多數人的眼光與注目，但因為當時的環境對於「同志」議題還不是很友善與了解，所以許多《孽子》相關評論都避諱了小說當中所呈現的「同志」，甚至有歪讀的現象發生。龍應台 1984 年於《新書月刊》所發表之〈淘這盤金沙──細評《孽子》〉[74]一文，將《孽子》所呈現出來的同性戀議題評論為「可有可無的、裝飾用的框子」，將同性戀與犯罪、吸毒等不法行為等同視之，葉德宣 1985 年發表之〈陰魂不散的家庭主義魍魅──對詮釋《孽子》諸文的論述分析〉[75]說到，龍從「父子衝突」、「靈與慾的衝突」兩個向度來解讀《孽子》，龍應台選擇不去看見同性戀，說明孽子中的衝突，是所有生活在黑暗中的邊緣人與正常社會的衝突，不是同性戀世界所特有的衝突，葉德宣大力批判龍這樣的論述與評析，指出同性戀並不只是行為模式，而是一種屬於同性戀者的身分認同，更說明將同性戀隔絕於小說之外或不重視之、討論龍應台是誤謬的解讀。

　　洪珊慧〈《家變》與《孽子》中的父子關係與對「真實」世界的追求〉[76]一文將《家變》與《孽子》兩本小說當作比較材料，提出《孽子》以兒子出走／被逐為開端，為臺灣第一部長篇

---

[73] 白先勇：《孽子》（臺北：允晨文化，1990.03）。

[74] 龍應台：〈淘這盤金沙──細評《孽子》〉，《新書月刊》第六期（1984）。

[75] 葉德宣：〈陰魂不散的家庭主義魍魅──對詮釋《孽子》諸文的論述分析〉，《中外文學》24 卷 7 期（1995.12），頁 66-88。

[76] 洪珊慧：〈《家變》與《孽子》中的父子關係與對「真實」世界的追求〉，《臺灣文學研究學報》第 12 期（2011.04），頁 187-204。

同志小說，兩書皆呈現了父子關係衝突、個人自我追求與「家」的抵觸與崩解，更從現代主義小說之特點、對真實世界的追求的特質，指出《孽子》追求表述人性、尋求性別認同的真實世界。許多的同志、同性戀相關前行研究，都脫離不了所謂「家」、「國」、「離散」等議題。曾秀萍〈流離愛欲與家國想像：白先勇同志小說的「異國」離散與認同轉變（1969～1981）〉[77]一文旨在分析《臺北人》、《孽子》中的性／別、性傾向與離散經驗、身分認同、記憶、敘事、家國想像之間的關連，以補充當前離散研究偏重種族、國族而忽略性別政治的傾向，將過於注重種族、國族而忽略性別政治等前行論述做一番修正與補述，讓《孽子》的小說研究更完備。張小虹〈不肖文學妖孽史──以《孽子》為例〉[78]論述《孽子》當中的「擬」家庭結構與親屬關係，以同志家庭、社群等面向的研究議題，指出由異性戀社會所建構出來的陽剛父親與同性戀社群中的肛門父親之比較，更說明《孽子》主角李青尋找的替代父親問題，也反省了文學史論述中文學家庭的想像系譜。

　　王志弘於 1996 年以〈臺北新公園的情慾地理學：空間再現與男同性戀認同〉[79]一文提出新公園如何被白先勇小說《孽子》再現，並以「空間演出」與「性別演出」、「性慾演出」互相搭

---

[77] 曾秀萍：〈流離愛欲與家國想像：白先勇同志小說的「異國」離散與認同轉變（1969~1981）〉，《臺灣文學學報》第十四期（2009.06），頁 171-204。

[78] 張小虹：〈不肖文學妖孽史──以《孽子》為例〉，收錄於張小虹專書《怪胎家庭羅曼史》，（臺北：時報出版，2000.03），頁 27-73。

[79] 王志弘：〈臺北新公園的情慾地理學：空間再現與男同性戀認同〉，《臺灣社會研究季刊》第二十二期（1996.04），頁 195-218。

配來解釋論文,並將新公園稱為「情慾之異質空間」,其再現與想像如何映射了異性戀社會的霸權問題。筆者認為劃分異與同的空間分類與論述是許多性別與空間研究者一大盲點,為何要分「異質空間」,應該將同志群體與異性戀群體放在同一個平臺上去論述,並且以「另一個空間」來說明即可,用「異」字使筆者認為有「奇異」之感,似乎暗示著同性戀群體是「怪胎化的」、「與一般大眾不一樣的」,所以筆者在此提出批判與糾正。

　　朱偉誠以白先勇小說來討論空間論述或國族、同志運動、怪胎家庭等問題相當用力,發表了許多相關論文與紀要:2000年時發表〈建立同志「國」?朝向一個性異議政體的烏托邦想像〉[80]提出實例:從本土同志運動時期白先勇先驅之同性戀小說《孽子》中所提出的「我們的王國」連結到同運初期實由臺大男同性戀研究社集體撰寫之《同性戀邦聯》,到1900年許佑生出版《同志共和國》,反映了毋寧是臺灣同志運動在草創初期,全臺灣同志(團體)不易被看見彼此且四散分離狀況下為凝聚一個虛擬／想像社群。此文從白先勇小說到同志運動與想像社群的連結,做一個跨越的連結,從文學到社會、從社會到實踐,於2000年在同志研究擊出漂亮的一擊。2003年朱再發表論文〈同志‧臺灣:性公民、國族建構或公民社會〉[81],回顧臺灣九〇年代到二十一世紀的同志運動發展的變化與契機,**繼續前文**,從公民運動到國族主義的模糊不彰中進一步提出同志公民運動積極介

---

[80] 朱偉誠:〈建立同志「國」?朝向一個性異議政體的烏托邦想像〉,《臺灣社會研究季刊》40期(2000.12),頁103-152。

[81] 朱偉誠:〈同志‧臺灣:性公民、國族建構或公民社會〉,《女學學誌:婦女與性別研究》15期(2003.05),頁115-151。

入的可能性。

　　從朱的兩篇論文中可以看出，為白先勇《孽子》前行研究的文本分析、家族書寫、離散、小說中同性戀議題探討，然而他的這兩篇論文都從小說議題連結到社會與同志王國建立等等，將文本與社會現實搭起關聯之橋梁，並指出同志運動的起伏、發展與過程直至千禧年左右的問題與突破等。

　　除了王志弘與朱偉誠論文之外，陳冠勳於 2013 年發表〈放逐與游牧——談孽子的空間景象與身體書寫〉[82]中的空間景象從新公園、安樂鄉、家三個空間探討小說《孽子》，作者提出，就空間的景象而言，可以發現同志族群的空間通常是隱而不顯的，進而發展出屬於自己一個獨特的社會、政治與文化地景，此論點可以連結朱偉誠之上述二篇論文。這些特殊空間（新公園、安樂鄉、家）雖具有隱匿特質，卻具有安全感、認同感即歸屬感，這些空間中，因為具有歸屬感，就將身體轉化為一種符號，以繞行的方式來宣示主權，或者將這些空間變成展示身體的舞臺，都是企圖將公共領域化為私領域的一種行為。此篇關於「家」的論述，可以與前文所述張小虹之論文〈不肖文學妖孽史——以《孽子》為例〉[83]對於主角李青想回到陽剛父親之原生「家」與被放逐之後接受與收留之替代父親（肛門父親）的「家」之間的認同關係與想望。此文將空間與身體做連結，更呼應了部分的前行研究，但仍然只留在小說中的討論，未將翻拍過之電影、電視劇或

---

[82] 陳冠勳：〈放逐與游牧——談孽子的空間景象與身體書寫〉，《世新中文研究集刊》第九期（2013.07），頁 217-248。

[83] 張小虹：〈不肖文學妖孽史——以《孽子》為例〉，收錄於張小虹專書《怪胎家庭羅曼史》，（臺北：時報出版，2000.03），頁 27-73。

是電視劇的空間做連結與論述,仍有不足之處。

(二)《孽子》影像文本研究回顧

白先勇的作品因臺灣市場需求常被改編成電影及電視劇,從文字轉化成影像,電視劇(電影)文本與文學文本之間的互動與對照。《孽子》的電影於 1986 年由虞戡平導演搬上銀幕,由邵昕飾演主角李青,其他主要演員包括孫越、管管及李黛玲等。而電影上檔後造成了極大的迴響。2003 年,臺灣公共電視將其改編拍攝為同名電視劇,導演為曹瑞原,該劇獲得中華民國九十二年電視金鐘獎戲劇節目連續劇、連續劇女主角獎(柯淑勤)、連續劇導演(導播)、音效、燈光、美術指導等獎。由於罕見地著墨同性戀相關情節,本劇格外受到臺灣、中國大陸、香港等華語地區同性戀者的關注。也因為電影及電視劇的改編上演,許多的影像或文化研究的學者會將其拿來做為學術研究的素材或是材料,進行影像分析或是做政治消費、市場回應等研究。

電影研究部分,陳儒修〈電影《孽子》的意義〉[84]以電影理論搭配上性別論述,將電影《孽子》所呈現的黑暗王國與電影院的黑暗環境做連結,更提出《孽子》電影在臺灣新電影中是被忽略不談的,如今重新回顧電影文本,可以清楚看到《孽子》在電影語言與技法的創新突破,最後回顧過去二十多年來臺灣同志電影的發展脈絡,總結《孽子》的意義。此文開創了《孽子》研究的新面相,將電影情連結電影拍攝手法:長鏡頭、觀眾視角等讓

---

[84] 陳儒修:〈電影《孽子》的意義〉,《臺灣文學學報》第十四期(2009.06),頁 125-138。

電影更具另一個新意義。黃儀冠〈性別符碼、異質發聲──白先勇小說與電影改編之互文研究〉[85]一文透過「文本互涉」（intertextuality）現象，研究文本包括〈孽子〉、〈孤戀花〉、〈玉卿嫂〉、〈金大班的最後一夜〉，此文對於本章啟發極大。王君琦〈在影史邊緣漫舞：重探《女子學校》、《孽子》、《失聲畫眉》〉[86]將三部邊緣議題之電影文本《女子學校》、《孽子》、《失聲畫眉》作為研究主要材料，探討其中的邊緣位置由來，並從性政治議題切入討論。王的此篇論文首度將三個電影文本一同探討，實為重要之《孽子》電影研究的學術成果，不可忽略其重要性，重點是此篇論文是於 2015 年發表刊登，可觀察到電影研究逐漸朝向比較性與對照性，更可從中發現因為同性戀議題之電影文本逐年越來越多，更有豐厚的累積研究成果，同志與性／別研究的更趨完備與多方面相之展現，實為可喜之觀察。

電視劇研究部分，2004 年，李彣發表了〈初探臺灣公共電視節目產製制度對公眾的想像與實踐──從孽子修剪事件談起〉[87]一文，從孽子修剪事件來說，作者提到因晚間八點鐘之時間不事宜播放兩位男性演員之親熱畫面而有所修剪，但於夜間十二點的版本卻是一刀未減，是因為當時男男的親熱戲引發一些爭議與問題。此文從閱聽者與電視劇產製問題切入，並以《孽子》為素

---

[85] 黃儀冠：〈性別符碼、異質發聲──白先勇小說與電影改編之互文研究〉，《臺灣文學學報》第十四期（2009.06），頁 139-170。

[86] 王君琦：〈在影史邊緣漫舞：重探《女子學校》、《孽子》、《失聲畫眉》〉，《文化研究》第二十期（2015.03），頁 11-52。

[87] 李彣：〈初探臺灣公共電視節目產製制度對公眾的想像與實踐──從孽子修剪事件談起〉，《廣播與電視》第二十三期（2004.07），頁 75-102。

材，實為孽子研究的一新面向。2011 年徐怡雲碩士論文《電視劇的社運敘事語藝與能動潛力——以公視《孽子》為例》[88]將研究範疇選擇以社會運動的語藝批評運用在電視劇等非文字論述形式文本上，查察主流媒體的能動性問題。關於《孽子》電視劇的研究，相對於小說與電影都較為稀少，許是因為在文化研究的範疇當中，電影、文學屬於高雅文化，電視劇則因為比較貼近社會生活而流於通俗，被界定為低俗文化範疇。

另外，林啟超一文〈解嚴前後同志小說詮釋之差異——以曹瑞原《孽子》電視劇與虞戡平《孽子》電影為例〉[89]中，以解嚴（1987）前所拍攝完成的《孽子》電影與解嚴後《孽子》電視劇之比較，因時代、時空與國家機器的影響，兩部影像作品的詮釋手法與藝術美學呈現了不同的風貌、劇情等，亦闡述了制約現象等問題。此文為目前鮮少以《孽子》電視劇與電影做為素材來比較之論文，實為佳作。

綜合上述《孽子》影像的前行研究，筆者發現在文本轉譯（小說到電視劇）的過程中，會產生同一主題、不同呈現文本中的異與同，而《孽子》電視劇研究目前仍多琢磨於閱聽人研究、影視產製、語藝批評等問題，在媒介轉譯、再現研究上仍須開啟研究風潮。

---

[88] 徐怡雲：《電視劇的社運敘事語藝與能動潛力——以公視《孽子》為例》，（臺北：國立臺灣大學戲劇學研究所學位論文，2011.01）。

[89] 林啟超：〈解嚴前後同志小說詮釋之差異——以曹瑞原《孽子》電視劇與虞戡平《孽子》電影為例〉，《第五屆全國臺灣文學研究生學術論文研討會論文集》，2008 年，頁 81-98。

三、「翻譯」與「改編」：文本轉譯的敘事策略與觀眾想像

當我們談到「孽子」，此名有許多的指涉，它可以是小說作品、也可以是影視作品，亦或是一個指稱。若是聚焦觀之，便可以發現臺灣的文學作品常常被改編成電影或是電視劇重新呈現在觀眾面前，而從白先勇《孽子》小說翻拍、改編成電視劇這件事情，引領我們深入思考其中的媒介轉譯過程，《孽子》故事劇情與相關的主體能動性，以及文學文本與電視劇文本之間的幽微複雜的再現／被再現／如何再現等問題與關係。本節所要處理的問題有以下幾點：從《孽子》（小說、1983）、《孽子》（電視劇、2003）的轉譯過程、敘事策略為何？媒介之更改與轉變如何運作？為何小說到電視劇會有如此修改？是否與觀眾、閱聽人接收反應有關。接下來，筆者將從不同視野來處理上述的問題。

中／長篇小說一直都是文學改編影像的主要青睞對象，因為它的架構簡單、清楚，能夠給編劇一個很自由的創作空間，[90]加上其能夠發生強而有延展性的印象，經由眼睛傳入我們的心裡。[91]從上述可得知這些特質基本上在《孽子》小說當中都可以清楚看到，也可從中確定、肯定這是一部適合改編為影劇的小說作品。

《孽子》小說總共分為四大部分，分別為第一部分：放逐、

---

[90] David Wheeler 主編、徐桂林譯：《電影小說精選》（臺北：遠流出版，1991.09），頁11。

[91] David Wheeler 主編、徐桂林譯：《電影小說精選》（臺北：遠流出版，1991.09），頁14。

第二部分：在我們的王國裡、第三部分：安樂鄉、第四部分：那些青春鳥的旅行。而曹瑞原的電視劇總共有二十集的長度，每集有六十分鐘，所以在小說與電視劇的轉譯過程筆者認為在份量、取捨上是綽綽有餘。曹瑞原提到改編長度的問題：「不管是長篇或是短篇的改編，長篇小說有一個好處，因為它的結構可能比較完整。」

　　從小說與電視劇之劇情結構先來探討：電視劇根據劇情先後大致可以分為「主角李青的童年回憶」、「黑暗王國：新公園的世界」、「阿龍、阿鳳、阿青」、「傅老爺的救贖」。這些主題與小說原著是大同小異的，但是在順序部分有一些調動，筆者判斷是為了讓觀眾能夠好好了解事情的前因與緣故才會有與小說不一樣的情節先後。例如：「主角李青的童年回憶」電視劇大約花的兩集到三集的篇幅來做鋪陳，交代李父的軍官背景、李母逃家、弟娃的死亡原因等細節，再來劇情才進入到李青在實驗室發生同性性愛事件而被退學。但在小說部分，第一部分的「放逐」就已點出主角李青因在實驗室發生同性性愛事件而被退學，被父親趕出家，漂浪、進入到黑暗王國：新公園當中。另外，在情節的拿捏與比重也有些微的調整，在電視劇當中，導演曹瑞原增加了許多主角的情愛敘事，包括龍子與阿鳳的苦命戀情的詮釋，還有李青與趙英的情欲描寫等等，傅老爺子本來在小說當中長篇幅的展現國族主義與父權的主題，然而轉譯為電視劇後卻被龍子、李青、趙英的愛情故事所淡化。這樣的轉變，在林啟超〈解嚴前後同志小說詮釋之差異──以曹瑞原《孽子》電視劇與虞戡平《孽子》電影為例〉一文指出，這樣的改編是因為小說是在1983年戒嚴前集結成書的，可想而知白先勇在撰寫小說時的有

所避諱與不敢觸及太多所謂「禁忌之愛」的描述，但電視劇是在 2003 年公開播放，當時已是解嚴後，所以在情節的選擇與拍攝才會有此轉變。[92]文本的轉譯有時是為了因應觀眾的需求，關於「國族」與「愛情」的議題，以一般觀眾來說，小情小愛之情節模式與家國議題之選擇，情愛議題相對來說比較占優勢也比較討好觀眾、閱聽者。筆者在此推論，曹瑞原的改編策略定有顧及到閱聽者與消費者，也能從此觀察其收視率與賣座程度。

除了在不同文本當中有劇情的改變之外，角色也是相當中要的部分。除了重要的角色仍在電視劇裡面之外，導演更編排了一些新增加的角色，使劇情更加飽滿、貼合，更在影像中呈現其戲劇效果。但因篇幅關係，本節先舉兩個角色：趙英與李母為例，來說明改編敘事與觀眾想像。

（一）趙英

在小說的趙英原為李青離家後認識的少年，原本相結為好友，卻因為李青一時的衝動環抱而受嚇，逃離了李青。而在電視劇當中，趙英卻被改編成李青的學校好友，更取代了小說中李青與學校工友在實驗室的同性性愛，電視劇為李青因弟娃之死而相當傷心，在學校實驗室環抱擁吻趙英。筆者推斷，導演有此改編策略是受到日本 BL 小說之同性愛敘事之影響，更與西方羅曼史敘事有關。林芳玫〈談戀愛的百萬種心法──臺灣言情小說書寫

---

[92] 林啟超：〈解嚴前後同志小說詮釋之差異──以曹瑞原《孽子》電視劇與虞戡平《孽子》電影為例〉，《第五屆全國臺灣文學研究生學術論文研討會論文集》，2008 年，頁 90。

與發展〉[93]一文提到，在以男女愛情的速食浪漫每個月大量產製上百本後，愛情想像逐漸延伸擴展到同性情愛。姑且不論是受到 2000 年當時社會風氣對同性亦題的開放，或是漂洋過海的日本 BL（Boys Love）文化介入，臺灣的言情小說在飛象文化首先以左晴雯《烈火青春》打開男男曖昧情感的大門。從上述可以觀察到，在 2000 年左右通俗文學因受到日本 BL 與羅曼史之發展與影響，同性情愛的小說開始大肆流通於民間，而且男主角多以年輕男子之間的曖昧、情欲為主，呼應到曹瑞原電視劇所改編的劇情，以李青與趙英兩個高中男生進行同性情欲的展演，而將工友敘事換掉，實為了因應當時以年輕男子之間的曖昧、情欲為主的主流口味，增加收視率與觀眾群。

（二）黃麗霞（李母）

在小說當中，李母在李青去探望的隔一天便去世。而在電視劇中，李青在李母過世前，去探望和照顧母親好幾次，並把母親的遺言和交代詮釋得更細膩。期間李青寫信要求父親來探望母親，然李父終於來時，李母卻以不敢面對李父，拒他於布簾之外，而被趕出家門的李青也同樣不敢掀開那張破布簾，三個人被一張布簾隔離成兩個世界，未能再次重逢見面。從中可以看到親情的糾葛與三人之互動，其實他們是渴望相見、相聚的，但是他們並沒有，只有一個布廉的阻隔，看似簡單、非常的薄，但是內心的疙瘩、阻礙就是使其沒有辦法相擁、見面。這樣的敘事策

---

[93] 林芳玫：〈談戀愛的百萬種心法──臺灣言情小說書寫與發展〉，《聯合文學》第 371 期，頁 48-53。

略，導演試圖讓閱聽人、觀眾感受與體會這些主角的內心掙扎與糾葛，深受其境之感，筆者推斷導演的改編是為了讓電視劇更凸顯其戲劇效果與劇情起伏，所以有此改變。白先勇《孽子》的小說與電視劇因文本轉譯的關係而在劇情、主角有所更動與轉變，是為因應文字或是影像的呈現需求，電視劇加入了戲劇效果與元素，與小說敘事相較之下，更活潑、更貼近觀眾與閱聽者之需求。

四、電影《孽子》的回家之路

　　電影《孽子》在 1986 年由虞戡平導演主導並上檔，這部電影是由臺灣文學作家白先勇的長篇小說《孽子》改編而成，是臺灣同志電影的代表作。可想而知，這部電影在主題之中心就是以同志族群的故事為故事軸心，但我們在觀看這部電影時所要關心的並不只是電影帶給我們的同志故事而已，而是臺灣在戒嚴時期對於多元性別與文化的表現與展演有非常多的限制與規範，以及臺灣歷史時代背景下人們的生活方式，甚至是關於家庭的議題。

　　作家白先勇出生於 1937 年，他有非常多的文學作品都受到許多研究者與閱讀者喜愛，包括短篇小說集《臺北人》，以及長篇小說《孽子》等。他大學就讀國立臺灣大學外國語文學系，並和作家王文興、歐陽子、陳若曦等人創辦《現代文學》雙月刊，白先勇也非常的喜愛崑曲藝術，例如《牡丹亭》，可見白先勇對於保存及傳衍崑曲藝術不遺餘力，他自認為一生中影響他最深且最重要的小說是《紅樓夢》。他也有一本散文集叫做《樹猶如

此》，這本書相對於其他小說作品來說非常私人，因為這本散文是悼念他的摯友王國祥的作品。

那為什麼會說白先勇的《孽子》非常的重要呢？承接前文對小說、電視劇的討論，因為白先勇《孽子》這本小說於臺灣同志文學史上有非常經典的地位，作為一位已經公開出櫃的同志文學作家，對於同志題材的小說可能會有更多不同的深刻描述以及情感的體會，所以說我們剛剛有提到《孽子》並不只是在講同志族群的故事這麼簡單而已，而是反映戒嚴時期臺灣社會背景、歷史現象以及關於家的問題，這些都是非常重要且值得討論的部分。

小說除改編成電影之外，後來也改編成電視劇與舞臺劇。當然小說改編成其他媒介進行展演的同時，跟原本的小說內容，或多或少都會有些更動、增補、添加、或刪減的地方，這一直是研究者關注的部分。

（一）李青的離家與返家

電影《孽子》的開頭，和小說的開頭相當類似，都是一份退學聲明書，上面寫到的是主角李青與學校的工友在學校的化學實驗室發生性行為，且被警衛在巡邏時發現。校方因為李青的行為偏差以及不檢點，將其退學。李青的父親是 1945 後來到臺灣的軍人，身為軍警人員，是沒有辦法接受自己的兒子是同志的事實，所以把李青趕出家門。電影情節一開始，就是李青被父親一邊跑一邊打趕出家門的畫面，父親非常的憤怒，而李青非常的悲傷，嚎啕大哭。這個畫面是一種主角李青離開原生家庭的狀態，也是一種關於家的逃離。我們所認知的「家」藉由電影的情節與

敘事而被解構，當然電影的中段因李青遇到許多貴人的協助，包括楊師傅（楊金海）、房東太太曼姨以及其他與她有相同或類似遭遇的青春鳥們（也就是李青的同志族群朋友們）都給予他支撐下去、生活下去的動力，李青也許真的離開了他的原生家庭，但是李青在其他的地方找到了等同於家與家人的歸屬感。

整部電影李青的離家過程中，他開始有能力賺錢養活自己之後，他才敢將他自己所賺的錢寄回到他的原生家庭給他的父親，而他的父親因此找到了李青現在住的地方並來探望他，李青的父親實則非常厭惡，或者說是相當失望，因為他的孩子並沒有成為他所理想的那個樣子，李青的父親希望李青能夠去考軍官學校也做一位軍人，但是李青並沒有達成父親的願望，父親也相當的失望，加上李青的性取向關係，而對李青帶有憎恨之心，但當父親收到李青所寄之現金袋後，卻有想主動找到李青，這對於一個父親來說，是一種退讓，也是欲求和解的開始。

李青的父親雖然嘴上不說 且對接待他的楊師傅惡言相向，讓楊師傅非常受傷與難過，楊師傅後來還是告訴李青說，有空就要回家看看自己的父親，所以李青的離家到返家，當然筆者所謂的返家是還沒有真正到家的一種心的嚮往，中間連接的橋梁即是楊師傅。電影最後李青的父親開始重新打掃家庭，而電影有一鏡頭畫面是父親正在擦拭一個相框，這個相框裡面的照片是李青的照片以及李青和父親的合照，這樣子的一個拍攝手法，以及父親擦拭相框的動機，就是一種對於李青要回家的一種期待與期盼，電影最後就是結尾在李青帶著伴手禮回到家門。這部電影關於離家與返家的狀態，是有它的鋪陳，以及階段性，甚至隱喻性。我們也可以從這部電影看到一個關於同志青年他要如何藉由離家找

到自我、肯定自我,並藉由返家試圖獲得家人的認可或者另一種接納與接受。

(二)青春鳥們的家

電影《孽子》當中有許多的「空間」是需要我們留意,這一些空間對於男同志族群可能是友善的,也有可能是有害的,而筆者在這邊想談的「青春鳥們的家」,是想藉由跳脫原生家庭的框架,找尋電影當中能讓這群青春鳥,也就是男同志群體能夠有屬於「家」的歸屬感的空間。以下我將從三個空間細談,包括楊師傅的照相館、新公園以及藍天使酒吧。

1.楊師傅的照相館

楊師傅的照相館是一個收留流浪在外的青春鳥兒的地方,而這個地方是楊師傅以及房東太太曼姨所建立下成為一個類似於中繼站之「家」,且這個家的成員完全沒有血緣關係,這一種非血緣所構成的家,是屬於電影當中這些青春鳥的,關於流離失所的男同志群體的一個認同的地方,而這個地方有「家人」,也有互相照顧的夥伴,對於他們來說,這就是一個足以放鬆、做自己、不受主流社會束縛的「感到輕鬆的家」。

2.新公園(今二二八公園)

新公園是同志族群能夠認識、了解並有機會相處的一個公共的地方,他們藉由在新公園認識「同類人」,並且也有可能進行情感的和情慾的交流。而新公園白天和晚上有非常大的差異,同志族群的人們會在晚上出沒於新公園中以及新公園的附近,所以

新公園可以算是一個公共的、範圍較大的一種「家」的概念，電影當中青春鳥們稱新公園為「公司」，當然後來楊師傅也跟李青說新公園也可以是他們的另外一個家。

3.藍天使酒吧（小說中為安樂鄉）

　　楊師傅和曼姨後來將照相館收掉，開設的一家「藍天使酒吧」，這個酒吧就是我們現在所稱之「同志酒吧」，專門讓同志族群有一個放鬆、聊天、聯誼的一個地方，也是他們認為較為「安全的地方」，而這個地方對於多元性別是非常開放以及能夠接納的，所以同志族群會喜歡到像藍天使酒吧這樣子一個對於他們相對友善的酒吧喝酒，並且放鬆。主角李青後來就於藍天使酒吧工作，也因為有了穩定的工作，有賺錢的能力且回饋給他的父親。

（三）小玉的尋父之旅

　　《孽子》電影有一個重要的敘事主線，就是關於小玉這個人物角色。小玉這個角色所設定的是他要到日本找他的親生父親，這樣的一個敘事軸線跟我們所謂的「陽具崇拜」概念其實有點類似，類似的原因是因為小玉所交往的男性在電影當中幾乎都是比自己年長的父執輩男性，而這些男性有一些是在日本工作或是會前往日本的人，且在電影當中有提及有一些他的交往對象長相跟他的父親有一些類似，當然小玉沒有看過他的親生父親，只有看過他的照片，但對於小玉這個人物角色設定來說，就是一種對於父親的追隨概念。

　　有趣的是，在 1986 年的這一部電影當中，小玉本來的角色

應該是一個陰柔男性,但是在電影選角的時候,所選的則是一位生理女性,並扮演成男性來詮釋小玉這個角色,這樣的一個角色扮演其實並沒有跳脫男性等於陽剛女性等於陰柔這種傳統的性別框架與性別氣質的狀態,這種性別框架很有可能是因為 1986 年臺灣仍處在戒嚴時期,沒有辦法大膽、開放的進行選角,但是在看電影的時候就會發現我們所看到的小玉,比較像女同性戀者中的 T 角色而不是所謂的陰柔氣質的男同性戀者,所以筆者認為電影在這個部分的處理是有一些缺失的,但這種狀況反而凸顯了小玉在電影當中的特殊性,無論是故事軸線或是人物形象。

再來,我們可以從女性主義的觀點談起。我們常常聽到女性因為自己本身沒有陽具所以她們會對於陽剛男性的陽具有某種理想、崇拜還有追尋,但小玉身為生理男性,可是因他是位男同性戀者,所以他藉由找尋父親來實踐所謂對於男性或者對於男性陽具的一種崇拜概念,但是小玉在電影當中也跟他的青春鳥好朋友們說,如果他找到他親生父親之後,要把他父親的陽具咬掉,這一種找尋陽具父親然後找到之後又想要毀掉陽具父親的態度,是對追尋或崇拜親生父親概念的一種解構行為。

小玉最後跟著情人海龍王前往日本,真正實行了他的尋父之旅,最後也有寫信回來給李青以及楊師傅等人,告知大家他在日本過得很好。

五、結語

改編小說的電視劇是一種再創作的呈現,也可以用翻譯或是改

編稱之，而白先勇的《孽子》因其小說中的情節、人物、主題之適合，所以將其為材料改編為電視劇，成為大眾化的傳播媒體，使閱聽人與觀眾在解嚴後無憂無慮觀賞「禁忌亦題」電視劇。

　　白先勇的小說作品常常被改編成電影或是電視劇等影視作品，所以從文字轉化成影像，電視劇（電影）文本與文學文本之間的互動與對照，形成文本對照與再現現象。本章先詳細論述了白先勇《孽子》小說與影視研究的相關研究，發現《孽子》的多方研究已經累積相當豐碩的成果了，但是唯獨文本轉譯的敘事策略、改編等互動與觀眾想像部分欠缺研究成果，所以緊接就以「翻譯」與「改編」：文本轉譯的敘事策略與觀眾想像，指出電視劇對於情節與人物的改編，是為了讓觀眾能夠更深刻了解、喜愛這樣主題的電視劇，例如情節的先後順序調換、小說偏重「國族主義」討論而電視劇偏重「同性愛情」、還有趙英與李青的年輕男子愛戀情節取代小說的工友敘事等。因為文字與影像的不同，電視劇的呈現比文字呈現出來的內容更真實、貼近生活，也更被閱聽者廣為接受。

　　電影方面，從以上幾個觀點來看《孽子》電影，我們真的可以發現這不單單只是一部同志文學所改編的同志電影，而是一個能夠發現時代歷史、臺灣人文經驗、以及地理空間的一部重要的電影作品。我們不能忽略這部電影所帶給我們的衝擊，以及對於同志族群的一種重新認識，而是必須去肯認他們的存在、生活模式、以及他們的情感與情慾表現。

第四章　魔幻的災難,然後救贖:宋澤萊《血色蝙蝠降臨的城市》之創傷敘事

一、前言

　　我們如何「重讀」臺灣文學重要的鄉土寫實、現代主義又魔幻寫實的小說家宋澤萊,對於研究者來說具有一定程度的挑戰性,且許多的前行研究也都給予宋澤萊的小說創作進行既定的分期與發展討論。陳建忠的研究《走向激進之愛:宋澤萊小說研究》[94]就將宋澤萊的小說創作歷程為四期,一為現代主義時期,主要作品為《紅樓舊事》、《惡靈》等;二為鄉土寫實時期,以《打牛湳村系列》為代表;三為政治小說時期,《廢墟臺灣》是代表的長篇小說作品,他也認為,宋澤萊是「敘寫心靈夢魘到關懷鄉土,乃至蛻變為一主倡臺灣民族論的政治小說家的轉變。[95]」最後是魔幻寫實時期,本章要討論的長篇小說《血色蝙蝠降臨的城市》(以下稱為《血色蝙蝠》)即是本期的重要代表作品,且融合了豐富的視覺想像與魔幻色彩。林文欽在重版推薦序就提到,這本小說是宋澤萊創作停頓七年後再出江湖的應然之

---

[94] 陳建忠:《走向激進之愛:宋澤萊小說研究》(臺中:晨星出版,2007.11)。

[95] 陳建忠:《走向激進之愛:宋澤萊小說研究》(臺中:晨星出版,2007.11),頁9。

作，而他一如往常的進行文學試煉，他又脫胎換骨，用新手法再一次推進他的小說實驗風格。而這本小說反映了臺灣現實黑暗社會現狀：包括黑白兩道、黑金政治等問題。[96]

陳芳明在《臺灣新文學史》中對於宋澤萊和其作品《血色蝙蝠》在臺灣文學史上的地位，給予高度的肯定。他認為宋澤萊從1970年代登場，完全沒有退卻的狀態，因為他積極的進行入世行動，技巧和藝術完全不能掩蓋這個事實。然而他從前期小說直至《血色蝙蝠》，在風格上也都貫徹了他的精神意志。而經過人生的種種與宗教的洗禮，陳認為《血色蝙蝠》是宋澤萊的文學經驗集大成，可見這本小說在宋澤萊的小說創作中相當重要且具代表性。[97]本章的研究動機與議題設定，在於宋澤萊小說當中所書寫兩大部分的傷害或是創傷，一是情節與角色之個人受創與正邪攻防的傷害，另一則是對於臺灣的歷史災難與造成的傷害，包括歷史敘事方面以及當代的黑金政治體系，且在筆法與意識上融合宗教的義理與魔幻寫實的手法進行包裝與展演，凸顯「創傷、傷痕」的不滅或如幽靈般的存在於人們的心中，《血色蝙蝠》應值得從「創傷」進行連結，無論是情節、人物、或是對於政治之批判。

《血色蝙蝠》已累積了豐富的研究成果：陳建忠認為《血色蝙蝠》是具後現代寫作意識的作品，且在其中的美學和神學給予小說更具特色的新技法，有相當的實驗性特質。[98]謝予騰從兩個

---

[96] 林文欽：〈宋澤萊深情典藏紀念版出版記〉，收錄於《血色蝙蝠降臨的城市》（臺北：前衛出版），頁 vii-viii。

[97] 陳芳明：《臺灣新文學史》（臺北：聯經出版，2011.10），頁 565-569。

[98] 陳建忠：《走向激進之愛：宋澤萊小說研究》（臺中：晨星出版，2007.11）。

第四章　魔幻的災難，然後救贖：宋澤萊《血色蝙蝠降臨的城市》之創傷敘事

路徑切入《血色蝙蝠》，包括敘事學中的敘事邏輯和語義方陣，藉由情節敘事的鋪陳以及對於人物形象的塑造進行深入的討論，並指出這本小說中許多的正邪對立人物情節與形象的建構，不能只能表面的談說邪即邪、正即正的單一敘事與理解，而是解構小說既定的人物設定與二元思考，討論邪亦非邪、正亦非正，例如彭少雄在小說中的惡魔形象，其實在此表象背後，可看見良善的一面，舉例而言：他對母親彭林阿好的孝順以及無微不至的照顧等。[99]本研究贊同謝文中解構二元的討論，且謝文對於筆者在人物之創傷情節建構與分析幫助甚大。黃涵榆從精神分析唯物學的角度重新檢視《血色蝙蝠》以及《熱帶魔界》兩本小說，認為前行研究（如黃錦樹[100]、陳正芳[101]）都在小說的分析上與作者自身政治意識形態、人我經驗、宗教體驗等連結且認為理所當然，但小說的寫作畢竟在敘事、技巧、詮釋上還是與作者是有所區隔，甚至在神秘體驗與創傷意識上的討論皆有所欠缺，也因此黃文希望能藉由理論的建構與思考，重新統整小說中的神學靈視、善惡鬥爭、集體行動與救贖希望等議題，最後也討論到族群的意識與發展。[102]談到了族群問題，陳國偉從客家族群的文學表述面向討論宋澤萊《血色蝙蝠》的魔幻意識，指出他大量的迷離產生臺灣

---

[99] 謝予騰：〈《血色蝙蝠降臨的城市》中正邪的反思——以敘事學角度分析〉，《中正臺灣文學與文化研究集刊》第九期（2011.12），頁 83-101。

[100] 黃錦樹：〈從戀屍癖大法官到救世主——論附魔者宋澤萊的自我救贖〉，《臺灣文學學報》3 期（2002.12），頁 53-79。

[101] 陳正芳：《魔幻現實主義在臺灣》（臺北：生活人文社，2007.05）。

[102] 黃涵榆：〈有關災難、邪惡與救贖的一些唯物神學的思考——讀宋澤萊的《血色蝙蝠降臨的城市》、《熱帶魔界》〉，《中外文學》41 卷 3 期（2012.09），頁 13-49。

異境之魔幻感。[103]在宗教修辭的討論上,以楊雅儒的研究最為代表,包括其專著《人之初・國之史:二十一世紀臺灣小說之宗教修辭與終極關懷》[104]討論到宋澤萊的《熱帶魔界》、《天上卷軸》(上),而〈啟示與傳道、天國與家國——論宋澤萊中/長篇小說之《聖經》詮釋與文學價值〉[105]一文則討論到了《血色蝙蝠》中如何援引《聖經》義理、故事等,且指出《血色蝙蝠》對於《聖經》的點出包括舊約與新約,進一步認為其中關於靈恩、異象、啟示、恩典、昇天等議題在《血色蝙蝠》中是重要的,也產生某種修辭意義。當然關於宗教研究(基督教)部分不只有楊雅儒,王吉仁[106]的碩士論文也從此談及,劉旻琪則從另一角度:佛教來切入這本小說。[107]

從上述研究回顧可以發現,《血色蝙蝠》有從魔幻寫實、宗教觀、敘事學、唯物學、神秘經驗等方向進行討論,而從創傷來談及的論文目前只有李鴻瓊一文。〈創傷、脫離與入世靈恩:宋澤萊的小說《血色蝙蝠降臨的城市》〉[108]一文從創傷詮釋學的角

---

[103] 陳國偉:《想像臺灣——當代小說中的族群書寫》(臺北:五南出版,2007.01),頁235-236。

[104] 楊雅儒:《人之初・國之史:二十一世紀臺灣小說之宗教修辭與終極關懷》(臺北:翰蘆圖書,2016.07)。

[105] 楊雅儒:〈啟示與傳道、天國與家國——論宋澤萊中/長篇小說之《聖經》詮釋與文學價值〉,《臺灣文學研究學報》二十四期(2017.04),頁69-109。

[106] 王吉仁:《宋澤萊小說中的「異象」與「現象」研究》(嘉義:國立中正大學臺灣文學研究所碩士論文,2009)。

[107] 劉旻琪:《從《血色蝙蝠降臨的城市》談宋澤萊的佛教觀》(新竹:國立交通大學客家社會與文化學程碩士論文,2016)。

[108] 李鴻瓊:〈創傷、脫離與入世靈恩:宋澤萊的小說《血色蝙蝠降臨的城市》〉,《中外文學》30卷8期(2002.01),頁217-250。

第四章　魔幻的災難，然後救贖：宋澤萊《血色蝙蝠降臨的城市》之創傷敘事

度探討小說中聖靈與靈恩運動的關係，也談及歷史創傷在小說中的再現與意義。本章欲更深層的剖析關於創傷在小說中所反映與敘事的問題，我們可以大膽的提出一個假設，就是作家作品中的創傷意識與情節結構，和作家自身的社會經驗與感悟情思有切不斷理還亂之微妙關係，也可以從中發現他們深淺不一的連結性。黃心雅則認為，「書寫創傷即在重新造訪深層的記憶，透過創傷記憶的不斷展演，釋放過去，賦予沉默的過去一個聲音，從宏觀的角度來看，書寫創傷是在成就文學與歷史的見證，重塑過去斷裂、零落、破碎的歷史記憶。[109]」本章試圖理解並指出的是，《血色蝙蝠》中有哪些創傷結構在其中，且如何進行小說敘事。

　　本章將分為三個主題進行討論，除前言和結語外，第二部分為「個人創傷：救贖的可能」，討論小說個別人物的創傷經驗，無論是成長過程還是其他，然最後則藉由關於宗教的洗禮而重獲新生，這樣的敘事策略是一種「創傷後得到救贖」的基礎公式。第三部分「法戰創傷：正邪的對戰敘事」，延續前行研究始終關心的正邪對立，並指出在小說中法鬥敘事的正不勝邪與對戰情景。第四部分「歷史創傷：血色蝙蝠的出現」，筆者將再探歷史創傷與災難在小說中的重要性，且與血色蝙蝠出現之次數有明顯的關聯性，連結到作者關心臺灣歷史的族群問題、黨國統治之批判，以及當代社會對人民、政府、國家之傷害。

---

[109] 黃心雅：〈創傷與文學書寫〉，《英美文學評論》20 期（2012.06），頁 VI。

二、個人創傷：救贖的可能

　　創傷的經驗來自於成長期間之影響，包括社會化過程所受之不同個體經驗的回應，無論是抗拒的或是接受的皆然。佛洛依德認為，「一種經驗如果在很短暫的時間內，使心靈遭受非常高度的刺激，以致無論用接納吸收的方式或調整改變的方式，都不能以常態的方式來適應，結果最後又使心靈的有效能力之分配，遭受永久的擾亂，我們稱之為創傷的經驗。[110]」，在小說當中有許多的角色人物遇到這樣的情景，無論是主要角色或是次要角色，且本節將強調，創傷與宗教的不可分割性，以及其中關聯。陳建忠認為，「九〇年代以來宋澤萊的小說創作，帶有濃厚的宗教文學氣味，迭出不窮地運用魔幻寫實主義、新小說、通俗手法，創造了具有後殖民立場的作品。他在美學實驗、創新與神學上的自我試煉，進而想達成如何堅定『信仰』，勇於對抗『魔力』的預言，顯示了他在觀察事物與書寫表現上『靈視』的能力。[111]」本節筆者將處理四位角色，包括吳厚土、顏天香、陳旺水、唐天養，進行個體創傷的分析。

（一）吳厚土

　　在〈法戰〉一篇中，提到Ａ市寺廟聯誼會在某日聚會，其中

---

[110] 佛洛伊德著，葉頌壽譯：《精神分析引論・精神分析導論》（臺北：志文出版社，1985.09），頁264。

[111] 陳建忠：《走向激進之愛：宋澤萊小說研究》（臺中：晨星出版，2007.11），頁183-184。

第四章　魔幻的災難，然後救贖：宋澤萊《血色蝙蝠降臨的城市》之創傷敘事

有極善寺公墓管理員吳厚土、海將軍廟的啟靈師傅陳旺水、九天仙女廟女醫顏天香，他們三位都是五術界之人，而他們在其成長過程中皆受到或嚴重、或稍輕的創傷經驗，且後來都因不同宗教洗禮後成為受到尊重之人，但因這次彭少雄選Ａ市市長而也被捲入黑金政治當中，此部分將在下節繼續討論。吳厚土從外在形象就別具特色：

> 不論正面側面看他，都是標準的圓球身材，頸子和手腳都短，身體卻很結實，胖而壯，並且臉上的肌肉太豐厚，在顴骨的地方形成兩個球狀的肉塊，臉就像左右兩個大括弧所形成……。[112]

小說建構一個外表奇特的人物，且在敘述當中特別指出其小時候就因為比別人矮小許多、且又肉肉的，被直呼「矮仔爺」、「皮球」、「蟾蜍」等不雅綽號，且受到大人的打罵，包括他的父親，請見下引文：

> 他的父親在他六歲以前是刮他的耳光，由於父親受過幾年的日本小學教育，對於刮耳光的方法很有一套，那是一種突如其來的先用右手手掌的揮打，一下子可以把吳厚土的左臉打歪，之後是左掌再對右臉向上摑打，在左右輪番開弓，打得吳厚土昏死過去。[113]

---

[112] 宋澤萊：《血色蝙蝠降臨的城市》（臺北：前衛出版，2013.12），頁36。
[113] 宋澤萊：《血色蝙蝠降臨的城市》（臺北：前衛出版，2013.12），頁37。

細膩的描寫父親打吳厚土的段落,不禁令人髮指,這是作者普遍經營的寫作手法,節奏明快、細膩鋪陳,以及極致的表現。當然除家庭暴力外,上了初中受到同學和師長的霸凌、初中畢業後進入士官學校也是如此,訓練加倍,讓他痛不欲生,而他的父親過世後,他接管父親在市場的牛肉舖,結果依然被市場幫的小流氓繼續欺負。後來他放棄市場的工作,默默的在山腰上建造極善寺世尊祠,當時是 1970 年代左右,早年有人傳聞這塊山坡地冒出的青煙形成雙龍奪珠的形狀,後來有人說這裡發現兩條寸長的金龍,但都不覺這塊地有何價值。[114]但自從吳厚土在此建造極善寺世尊祠後,香火鼎盛,且他全力侍奉後,靈力大增,能夠幫人看風水,也能預測 A 市的吉凶狀態,大家也都開始尊敬他,也不再敢欺負他。

(二)顏天香

顏天香貌美,受到很多人的追求,但是「她不是快樂的女孩」,為何不快樂?有幾點因素,包括成長過程中父親因政治案件下獄,導致家庭經濟重擔落在母親身上,協助兩個兒子成家,而身為小妹的顏天香只能讀完高商美工科後求職,沒能繼續發展她的美術天份,但後來她還是如願在北部開了一場個展,也因此結識他人走入婚姻,看似反轉的人生,卻因為被公婆虐待,之後離婚,回到 A 市,後來生了一場大病。[115]

就在生大病的時候,九天仙女靈降在她身上,使她大病痊

---

[114] 宋澤萊:《血色蝙蝠降臨的城市》(臺北:前衛出版,2013.12),頁 35。

[115] 宋澤萊:《血色蝙蝠降臨的城市》(臺北:前衛出版,2013.12),頁 55-58。

癒，從這時開始，顏天香也開始幫人治病，後來於 A 市建造了九天仙女廟。她在每個星期會有一次的靈療大會，且選擇性的治療他人，是由九天仙女所選。顏天香的生命歷程起起伏伏，受到九天仙女的靈降感應而有所助益，之後更接觸了宗教相關事務，甚至成為職志，這是一種從創傷走出後得到宗教救贖的敘事進程。

（三）陳旺水

陳旺水的角色設定，是 A 市五術界中名氣最好的，不只是因為他的海將軍廟相當靈驗，也因為他桃李滿天下。[116]但從小他就因為自己的長相而相當沒有自信，幾乎都彎著腰走路，所以導致佝僂，而他的臉型較小，且耳朵卻大，看起來很像外星怪物，更是讓他感到無臉見人之狀：

> 自幼他就感到相貌醜陋，不敢見人，這是他一生命運坎坷的開始；這一點倒不足為奇，最奇怪的是，他在年紀很小的時候就過度的意志薄弱，像一個超乎常情的傻瓜一樣，輕易地相信別人，尤其是一大群人一齊搧動他時，他常把持不住自己。[117]

除了感到外表不如人之外，他的個性使然，讓他受到大大小小不同傷害，例如同學叫他做什麼他就去做，或是因為別人的勸說讓他信以為真用低廉價格賣掉自己的動產和不動產等導致他破

---

[116] 宋澤萊：《血色蝙蝠降臨的城市》（臺北：前衛出版，2013.12），頁 72。
[117] 宋澤萊：《血色蝙蝠降臨的城市》（臺北：前衛出版，2013.12），頁 74。

產，之後經營房地產事業也是一樣，耳根子軟而再度破產，後來他經過朋友介紹從事遠洋漁業，又因朋友說臺灣之後一定會被中共所占領，又勸他賣掉漁船，準備逃亡到國外，他本來想抵抗這種恐怖政治之言論，但後來一樣信了，以低價脫手漁船、股票、房子等，這是他最嚴重的破產。[118]

也因為這樣的多次破產與身心受創，讓他有了自殺的念頭，但並沒有成功，而在生病休養的四十天，「廳堂上的銅劍卻不斷地發出靈力，他被一道藍光帶向一個湛藍的海底世界，他周遊神秘的海底有四十天。之後大病痊癒，他發現他無端地可以見到許多的景象，於是變成了啟靈的師父」[119]。這是海將軍的靈在救贖他、拉拔他的景況，現在的他在面對未來而能夠趨吉避凶，不再慌張而錯信他人，對自己也更加有了信心，改變他原本的人生和生活方向。

（四）唐天養

唐天養在〈貓羅山之行〉此篇出現，他是彭少雄的國中老師，他的人生當中有許多的轉折，無論是婚前、婚後或是受到宗教洗禮等。有前行研究指出，唐天養是宋澤萊在小說中的化身角色，[120]筆者同意此點，分析方向包括唐天養的人生經歷與轉變過程都有作者之影。

---

[118] 宋澤萊：《血色蝙蝠降臨的城市》（臺北：前衛出版，2013.12），頁 74-75。

[119] 宋澤萊：《血色蝙蝠降臨的城市》（臺北：前衛出版，2013.12），頁 76。

[120] 王吉仁：《宋澤萊小說中的「異象」與「現象」研究》（嘉義：國立中正大學臺灣文學研究所碩士論文，2009），頁 105。

第四章　魔幻的災難,然後救贖:宋澤萊《血色蝙蝠降臨的城市》之創傷敘事

　　唐天養在 A 市還算有名氣,一年前選過立法委員,在回到 A 市前,他讀哲學研究所,但 70 年代的臺灣是言論受到控管的時期,所以唐天養時常受 K.T.M 當局的困擾,甚至拘留,寫了篇懷有哲學思考的文章也會出事:「他所能做的就是從此以後加倍小心,最好是在心裏頭把自己想像成一個啞巴或盲人,對於什麼事情都裝聾作啞,遠離背後監視他的那個眼光。於是他不想要再回去唸書,也不想再接觸知識界」。[121]爾後他開始在國中任教,但對於政治與社會參與,他還是放不下心,也開始接觸許多宗教與哲學思考的議題,包括尼采、大乘龍樹等,不希望自己令祖母失望,而他的悟性也越來越高,回到 A 市後在救國團開設了哲學課,也走入了婚姻,在他年紀不輕的時候。但在婚姻當中,他並沒有得到成就感,因為妻子工作的關係,初當家庭主夫的他,被家庭與小孩的壓力所擊垮,他一直覺得妻子嫁給他是低就,畢竟自己只是一個身無分文、年紀過大的哲學家,所以任勞任怨的在家裡工作,也一邊帶小孩煮飯等等,但壓力也反映到他的身體健康狀況,他開始禿頭、背部鬆垮、思想變鈍,精神也出了問題,被送進精神療養院,視力也變差。進入婚姻的敘事情節和作者宋澤萊有重疊的地方,包括了他停筆寫作七年,且都在家中專心帶小孩,但值得開心的是休息後的復出代表作,是極具張力與實驗美學的長篇小說《血色蝙蝠》。

　　「我的靈魂(自我)早就死了。現在肉體又要死亡一次。」[122]這是唐天養告訴他朋友的一句話。爾後唐天養受到牽引前往找

---

[121] 宋澤萊:《血色蝙蝠降臨的城市》(臺北:前衛出版,2013.12),頁 101。

[122] 宋澤萊:《血色蝙蝠降臨的城市》(臺北:前衛出版,2013.12),頁 115。

到文森牧師，接受禱告治病：

> 這位佈道家不再多說，他叫唐天養站在他的面前，而後把手按在他的頭上。顫抖而目盲的唐天養感到一種靈力由頭上流遍了全身，他的身子立即停止顫抖，眼睛有一層薄膜飛離了眼眶，頓時始是感又明亮起來，文森牧師說：「你好起來了。」[123]

這段是基督宗教的神靈治療，讓唐天養受到靈世的感召與體驗，使身心靈都變得更好了，連眼疾也已治好，這就是宗教的救贖，當然唐天養和前三個例子有些許不同，包括他自己本身就是讀哲學，一直都有在接觸宗教議題，但卻沒有真正感受到神蹟影響，而這次卻實實在在的感受到了，也讓自己重拾健康。

彭仁郁的研究指出：「心理創傷並非天災人禍、外在暴力事件直接導致的神經或心理病變，而是創傷事件記憶及意義的形構和意識化過程，與潛意識自我防衛機制兩相抗衡的妥協結果。[124]」也因此，本節在討論個人創傷的同時，重視小說家書寫筆法的特色以及與自身的生命經驗連結，以及小說人物如何在創傷事件中建構自己的記憶以及在潛意識下自我調適或妥協出的新人生狀態。這不但能夠引領讀者更進一步討論小說的核心命題，更能承先啟後知曉小說敘事結構。以下統整四個角色的創傷與救贖，

---

[123] 宋澤萊：《血色蝙蝠降臨的城市》（臺北：前衛出版，2013.12），頁123。

[124] 彭仁郁：〈第八章 過不去的過去：「慰安婦」的戰爭創傷〉，收錄於汪宏倫編《戰爭與社會：理論、歷史、主體經驗》（臺北：聯經出版，2014.07），頁462。

這也可以成為一種小說寫作之「創傷—救贖」公式。

人物	創傷（外在與生命歷程）	宗教救贖
吳厚土	1. 從小外表被歧視 2. 遭家庭暴力 3. 同儕、師長歧視、暴力相向 4. 士官學校虐待 5. 市場小混混的欺負	建造極善寺世尊祠後感受到靈力，且自我力量大增，能為人看風水、知曉Ａ市吉凶
顏天香	1. 父親因政治案件下獄 2. 成長期間家中負擔大，身為女兒沒辦法繼續朝美術理想前進 3. 被公婆虐待	大病時受九天仙女靈降感召，爾後開始幫人治病，後來於Ａ市建造了九天仙女廟。
陳旺水	1. 臉小，耳朵大，看起來很像外星怪物 2. 自己的不自信導致佝僂 3. 耳根子軟，破產三次	海將軍的靈救贖了他
唐天養	1. 政治迫害 2. 婚姻的自卑 3. 家庭壓力導致身心狀況每況愈下	文森牧師之基督宗教神靈治療，讓唐天養受到靈世的感召與體驗

討論完較屬個人範疇的創傷之後，第三節將討論在正邪對立中之法戰過程所受到的傷害，且較多是正不勝邪的狀況，但筆者也要指出，小說最終結尾還是以邪不勝正結束，所以筆者更會討論彭少雄（或邪惡一方）之創傷與挫敗。

三、法戰創傷：正邪的對戰敘事

延續上節關於Ａ市五術界吳厚土、顏天香、陳旺水宗教的救贖後，他們的宗教志業本來做得安穩平順，也幫助許多的民眾，但彭少雄為選Ａ市市長，對他們進行不同的「法戰」，導致代表正義一方的三位五術之人受到傷害且妥協。劉慧珠認為，「這一大段關於法戰的描寫令讀者彷彿進入武俠世界的一場武林大會中，見識到五術界在祈神儀式上的繁複與奧秘，也猶如置身於萬花筒般的魔幻異境中，令人目眩神迷。[125]」以下筆者將分別討論之。

吳厚土經營的是一個有聖靈的墓園，沒有辦法收容生前作惡多端之人，且在收容之前，都需要擲杯，世尊同意才能安排並安葬於此，但彭少雄的到來，破壞了這樣的秩序，他要求下葬之前在市場作惡多端的小混混林鷹揚，且這樣的企圖有點不單純，很像是利用法術介入Ａ市中多方的公共事務，是一種市長選前的政治企圖，也顯現自己法術的等級高。當然吳厚土是絕對不會答應讓小混混林鷹揚進到聖靈墓園，且他們的論辯當中討論到了「善

---

[125] 劉慧珠：〈臺灣成人版的哈利波特：評宋澤萊《血色蝙蝠降臨的城市》〉，《文訊》232期（2005.02），頁31。

良」的問題，在不同時代與世道上，善良的定義如何拿捏，然後每個人對善的定義也都不同，這是一種立場與思想交鋒的討論。

擲杯法戰當日，彭少雄做法的樣子在小說中細膩的呈現出來，吳厚土看到並感受後就認知到大勢已去，不必再戰：

> 我（吳厚土）終於看到他的眼睛轉成純粹的透明紅了，像紅瑪瑙，之後感到有一片巨大的紅色影子從四面八方向祠堂聚合，而後帶來極冷的寒風，不！那不是風，應該說是很冷的一股力量，它甚至沒有使用樹葉或任何人的衣裳有絲毫的搖動，但格外寒冷的這股力量卻在四周形成波動。祠堂開始搖撼了起來，世尊的靈和那股冷氣搏擊得很厲害，像是爭鬥的兩股海潮。不久，我發現尺高的火焰慢慢衰竭下去，之後只剩寸餘，之後熄滅了。[126]

當然，吳厚土相當沮喪，令他難以釋懷，二十多年來與世尊一起靈修、經營，沒有受到這樣大的挫敗與傷害，這次的法戰可說是「正不勝邪」。

顏天香的狀況也是如此，她認為大家覺得五術之厲害，但卻沒想過會在法戰中敗北，仙女廟也因此出現許多不同以往的狀況。彭少雄利用小聰明讓顏天香不得不與他見面，並告知他想要和顏天香一起在仙女廟為病患做靈療，掛名在仙女廟並增加他彭少雄的名氣，當然顏天香是不肯的，但彭少雄信誓旦旦說明妳所使用的法術我沒有一項不會，且大膽預言下星期日將有九十九人

---

[126] 宋澤萊：《血色蝙蝠降臨的城市》（臺北：前衛出版，2013.12），頁 53-54。

來仙女廟求診,彭少雄先小試身手一番:

> 彭少雄站起身來,伸開了略顯青蒼但不失優雅的手在酒櫃上畫咒文,他的臉變得十分美麗,然後大喝一聲,櫃子上浮一層的紅光,而後杯子和茶盤浮昇上來,像一隊的蝶子,繞著偌大的貴賓室飛了一圈又一圈,之後又落回酒櫃上。[127]

到了法戰治療的當天,顏天香感到治療時有一股力量一直再阻撓她,更使她在靈療的過程中耗盡體力,相當不順利,並沒有真正完整成功的將儀式進行結束,而彭少雄則優雅的打個手印,將病患都治癒完成,但是啟靈的圖像,顏天香是仙女頭像,而彭少雄則是蝙蝠圖形。從上述可明顯看到,法力的相較之下還是有些落差,顏天香也因此輸掉這次的靈療法戰。

接下來是陳旺水,他開宗明義說到自己受到彭少雄的「侮辱」,是包括降靈的技術,彭少雄要求擔任啟靈學會的副會長,且主動要求跟陳旺水討較降靈術,當然起先陳旺水非常不以為然說:「你說我們的降靈技術很幼稚,這還是我第一次聽到的苛評。能說這種話的人必當是這方面的行家,你到底是誰?你的指導者是誰?」而在降靈法戰當天,陳旺水也是感到與之前的狀況都不同:

> 就在這一次,當我的意識仍循著通道下降到藍色海底時,

---

[127] 宋澤萊:《血色蝙蝠降臨的城市》(臺北:前衛出版,2013.12),頁67。

第四章　魔幻的災難，然後救贖：宋澤萊《血色蝙蝠降臨的城市》之創傷敘事

> 我發現有一股紅色的水把前路染汙了，叫我看不清去向，我拚命泅水，迷失在海底有半個鐘頭。當我發現了白珊瑚石，已經十分疲累了，我匆忙釋出古銅劍的靈力，其中有五隻的暹邏貓受感染，牠們叫了幾聲，奔到五個圍觀者的前面，清晰地說出那些人即將發生的事。我渾身大汗，學生們以為我出了事，跑過來扶住了我，當我向大家示意一切平安時，大家才拍手叫好。[128]

但彭少雄的狀況則更加厲害，他讓三十隻的暹邏貓受到力量驅使，且他左腕上的瑪瑙紅手鐲，引起了陳旺水注意，原來這次降靈不順是彭少雄其中作亂，且做完法後，地上留下紅色閃電的影子，像極了大隻的蝙蝠樣。也因為這樣，彭少雄通過了學會審查，擔任了副會長一職。

上述的三個法戰，皆是正方失敗，彭少雄也達成了自己的利益，然在法戰敘事當中，皆有蝙蝠與紅色的元素在其中，與本書主題扣連。但本書的最後，並不是彭少雄等血色蝙蝠們大獲全勝，最後還是失敗了，以下將討論薛以利亞、唐天養等人找到蝙蝠巢穴（邪惡中心）並將其消滅的情節，這也指出並連結到最後一篇〈市長之死〉彭少雄的死亡終結。

當然，「宋澤萊長期接觸宗教的經驗在此也產生影響，他或者在小說以『天啟』來暗喻罪惡人間的滅亡，或者以魔鬼、蝙蝠、妖魔的意象來代換黑道政治人物——這是內容上的影響；在形式上，由於宗教世界中的人物多半擁有異於常人的能力，飛天

---

[128] 宋澤萊：《血色蝙蝠降臨的城市》（臺北：前衛出版，2013.12），頁87。

遁地的可能使得宋的小說也充滿許多靈異、超寫實的描寫，令人印象深刻。」[129]在〈蝙蝠巢穴〉一文中，羅義耳在看到的唐阿多阿塞的小傳中發現幾枚星形葉片和醬果球，這些東西是有所靈力與功能的，在一次三度進入 A 市山區的時候，他們受到蝙蝠攻擊：

> 羅義耳很快地在腰間解下了帆布袋子，掏出了一葉銀色的星形的葉片，平放手掌，靈動而充滿生命，錚錚地發出了聲響。當血色蝙蝠俯衝而下時，那片銀色的葉子宛若被強力的東西所吸引，如同旋轉的器物，朝著寫蝙蝠飛去，打中了牠的身子，引發了爆炸聲，那隻蝙蝠萎頓下來，斜斜掠進竹屋右邊的林子，掉落在地上。[130]

而他們後來發現，墜落處是一位 K.T.M 的高級軍官躺在那，也因此發現星形葉子的神秘力量。薛以利亞、唐天養等人找到了紅色光源蝙蝠巢穴，而這裡就是飛昇之車站，他們要前往的是紅色的斷崖，而有人聽說這個紅色斷崖可以讓他們獲得重生的能力，過全新的生活，但薛以利亞、唐天養等人並不這樣想，且他們身上有帶星形葉片，身上被黛藍色的光包圍，視為一種靈體保護，而他們是在尋找「遺失掉的某些東西」[131]。一行人快抵達路盡頭時，看到坡下的懸崖，薛以利亞將銀光四射的醬果球丟進崖

---

[129] 陳建忠：《走向激進之愛：宋澤萊小說研究》（臺中：晨星出版，2007.11），頁 200。

[130] 宋澤萊：《血色蝙蝠降臨的城市》（臺北：前衛出版，2013.12），頁 286。

[131] 宋澤萊：《血色蝙蝠降臨的城市》（臺北：前衛出版，2013.12），頁 306。

第四章　魔幻的災難，然後救贖：宋澤萊《血色蝙蝠降臨的城市》之創傷敘事

底，這時崖底的紅色岩漿開始波動，有如扭曲的巨龍，但不一會兒就平靜下來，這時他們彷彿身處在異次元空間，時空開始扭曲，他們猛然清醒，回復意識，這段故事情節相當魔幻，是他們征服血色蝙蝠破除巢穴的最後階段，也意味著邪惡勢力終告一段落，這也是彭少雄之死，彭少雄代表的即是邪惡一方，而這樣的敘事亦是某種法戰的過程。

〈市長之死〉最後一文跳脫了既有的敘事方式，來描述彭少雄死亡的前因後果，意味著一個惡時代的將止，也反映了作者對於現今黑金政治社會的一份期待與期許，就是消弭與黑金不當勾結等問題，更是對於 K.T.M 的消亡期盼。

本節討論關於法戰在小說當中的重要性，更討論正邪作為一種對比的狀態，小說走向所要帶給我們的傷痛與平復的情節起伏，雖然前面法戰都敵不過彭少雄所代表的邪惡勢力，但最後薛以利亞等人所消平的血色蝙蝠巢穴，才是最終的定局。更可以強調如陳建忠所言，「小說家真正想要凸顯的乃是他帶有『針對性』的臺灣文化論述。」[132]也因此下節筆者將延續以上討論，探究小說中的歷史創傷問題。

四、歷史創傷：血色蝙蝠的出現

李鴻瓊的研究已指出：「宋澤萊在這本小說中延續了他在《廢墟臺灣》與〈抗暴的打貓市〉中所呈現的災難景象以及歷史

---

[132] 陳建忠：《走向激進之愛：宋澤萊小說研究》（臺中：晨星出版，2007.11），頁184。

創傷等主題。在《血色蝙蝠》裡，這些隨著歷史的開展而不斷重複發生的災難包括：滿清時代漢人對原住民的殘害、日本統治時期對大批抗日人士的屠殺、二二八事件的歷史災難以及一九九〇年代黑金氾濫所帶給人們的傷害。這些災難在時間上貫穿臺灣開發的歷史，在空間上則將所有發生過的歷史創傷集中於一個城市之上。」[133] 所謂的歷史創傷的再現，宋澤萊在這本小說當中運用奇幻故事感的方式進行敘事的變化與嘗試，藉由「血色蝙蝠」作為象徵意義，象徵什麼？筆者認為可以是災難、邪惡勢力的侵入。李鴻瓊也認為：「宋澤萊將這些延續的災難扣接上小說中彭厝里的家族史，讓普遍性的歷史災難載入較具特殊性的族群、家族與個人記憶中。小說的重點在探討為何這些災難無法停止、為何人們無法走出創傷。[134]」且看下段引文：

> 他說：「日本人進佔 A 市時進行掃蕩臺灣抗日軍的那個年代，A 市的山稜那邊死了二千多人，紅蝙蝠在那山林頂顛的空中飛了一個月。看到的人今年都超過一百歲了，我想 A 市還有一兩個那麼老的人吧！還有四十幾年前的二二八事件，紅蝙蝠又出現一次。」
>
> 「二二八事件！呵，你不要亂說呀！」警長有些慌張，他更加不停地用筆敲桌子。
>
> 「就是那年的春天。」站長把頭埋得更低，他警覺到鼻子

---

[133] 李鴻瓊：〈創傷、脫離與入世靈恩：宋澤萊的小說《血色蝙蝠降臨的城市》〉，《中外文學》30 卷 8 期（2002.01），頁 219。

[134] 李鴻瓊：〈創傷、脫離與入世靈恩：宋澤萊的小說《血色蝙蝠降臨的城市》〉，《中外文學》30 卷 8 期（2002.01），頁 219。

第四章　魔幻的災難，然後救贖：宋澤萊《血色蝙蝠降臨的城市》之創傷敘事

被噬的地方流著污血，他說：「國軍運來幾百具屍體，埋在車站廣場。那次血蝙蝠在市內飛了一個星期。像狗熊大，張開翅膀，也像滑翔翼，繞了一圈又一圈。」

「歐！」警長張大了眼睛，他問：「後來呢？我是指後來牠飛到哪而去了？」[135]

此段引文為〈飛昇車站〉警長劉士林與站長的對話，是一段警長欲了解血色蝙蝠是什麼的情節。其中提到 A 市到目前為止出現了三次血色蝙蝠作亂，第一次為掃蕩臺灣抗日軍，第二次為二二八事件，第三次就是今日，可以發現小說家用血色蝙蝠出現的次數對應其所關心的臺灣歷史事件所引發的傷害與創傷意義。陳秀玲的博士論文曾定義「創傷記憶」，其所指稱的便是「結合二二八和白恐創傷的記憶總和，內容包括創作者從『家族』經歷而來的個體創傷，以及從『史』延展開來的社會集體記憶，試圖梳理個體創傷與集體記憶如何藉由文學作品，在相同的歷史架構下召喚出共同的創傷記憶，也在不同性質的暴力迫害下呈現出症狀的差異性。[136]」本節所討論的歷史創傷記憶，則是延長臺灣史一百年的史事，包括日治時期的抗日運動、戰後初期的二二八事件，以及 1990 年代的政治敗壞與黑金問題。

除對話中簡述關於創傷與血色蝙蝠之關係外，於〈蝙蝠巢穴〉一文，簡述了關於羅義耳和薛以利亞的傳道歷程，其中在他

---

[135] 宋澤萊：《血色蝙蝠降臨的城市》（臺北：前衛出版，2013.12），頁 13。
[136] 陳秀玲：《後二二八世代療傷進行式：臺灣小說的「創傷記憶」與「代際傳遞」》（新竹：國立清華大學臺灣文學研究所博士論文，2019），頁 18。

們的傳道過程當中，遇見了多次血色蝙蝠，且都與臺灣歷史事件之創傷有關係，在他們遇見血色蝙蝠的故事情節當中，多存懸疑、想像與不可置信之魔幻意涵，用這樣的美學手法與再現所要表達的歷史事件與歷史創傷是一大特色。鄭婉茹認為，宋澤萊的小說風格像武俠又像靈異，既像偵探又像寫實，人物也可以任意飛昇天界，出入魔域，雖然看似虛幻卻又十分真實，尤其是提及黑金政治的現象。[137]白睿文指出：「『想像創傷』（imaginary trauma）是無直接經驗或經過觀察、純粹建構出來屬於文本層次的創傷。」[138]宋澤萊關於抗日以及二二八事件的創傷敘事，為想像創傷，而對於 1990 年代的臺灣黑金政治議題，則是感受創傷的轉化。

　　黃心雅說到：「歷史事件因而超越史實認定，指向集體展演的精神及情感過程，歷史是創傷的集體重複展演，創傷無所不在。心創事件雖屬真實，卻沒有尋常的因果邏輯、順序和時空，沒有前後，沒有過程，沒有開端，沒有終結，無由理解，無法敘述，不能掌握，壓縮成記憶底層的未知，以種種形式儲存，反覆縈繞，成為測量記憶深度的丈尺。[139]」抗日歷史部分：日本的佔領軍沿著北部一路攻占臺灣的西海岸線，抗日軍死傷累累，並且不時波及到山村一帶。而小說中所指出的 1895 年後的抗日問題，除了抵抗日本人之外，其實平地的漢人也會不時波及到山村

---

[137] 鄭婉茹：《宋澤萊小說中的現實關懷研究》（臺南：國立臺南大學國語文學系碩士論文，2012），頁 53。

[138] 白睿文著，李美燕、陳湘陽、潘華琴、孔令謙譯：《痛史——現代華語文學與電影的歷史創傷》（臺北：麥田出版，2016.11），頁 34-35。

[139] 黃心雅：〈創傷與文學書寫〉，《英美文學評論》20 期（2012.06），頁 VI。

第四章　魔幻的災難,然後救贖:宋澤萊《血色蝙蝠降臨的城市》之創傷敘事

一帶,所以迫害的群體是日本人以及平地漢人。戰役結束時,為了找尋貓羅山村還沒回來的青年,羅義耳和幾位大膽的獵人就想下山調查,調查時看到兩位青年在一邊談話。這兩位青年的敘述如下:

> 一個是日本軍官的樣子,面貌清癯,下巴有如剛剃過鬍髭般地青綠的色彩,臉無血;另一個則是平地的漢人,臉面滿是擦傷的血痕,眼睛血紅。[140]

而這兩位青年剛好是筆者上述破壞臺灣造成民族傷害的兩個族群,且他們也受到了攻擊:

> 他們陷入了二隻飛行的大紅蝙蝠的攻擊,整個的扁柏林瞬間都被紅光籠罩,他們五個人手足無措,羅義耳以為自己難以倖免,只好坐在地上默默禱告,奇怪的是血色蝙蝠頗畏懼他的禱告,飛行俯衝一陣子後就攀離了扁柏林,消失在山頂上。[141]
> 陷入一片恐怖之中,紅色蝙蝠不過是大災難中的小災難而已。不過隔了不久,羅義耳聽說那位被抓傷的青年在貓羅山失蹤了,沒有人知道他去了哪兒,彷彿有人說:「他變作一隻紅色的大鳥飛走了。」[142]

---

[140] 宋澤萊:《血色蝙蝠降臨的城市》(臺北:前衛出版,2013.12),頁276。
[141] 宋澤萊:《血色蝙蝠降臨的城市》(臺北:前衛出版,2013.12),頁276。
[142] 宋澤萊:《血色蝙蝠降臨的城市》(臺北:前衛出版,2013.12),頁276-277。

二二八事件部分，薛以利亞因遇到狀況需要協助解決（手臂受傷），喬扮伐木工人，羅義耳立刻安頓他在一個信徒的家，暫時躲避。而這時的 A 市氣氛詭異，「這時 A 市的上空開始飄飛一隻血色的大鳥，沿著山稜款款地飄著……」[143]這是一個異象，指明了有人將擴大這一場殺戮、刑傷。血色蝙蝠又現身於城市上空，彷彿一切都朝向血色的世界奔馳而去。而羅義耳也主動邀請薛以利亞，找出血色蝙蝠的巢穴。陳秀玲認為，從文學中見證歷史，也從文學中見證創傷，歷史必須被寫下，創傷也必須被療癒，當創傷被書寫的那一刻起，也就是療癒的開始。[144]無論是小說提到的哪一項歷史創傷，或是前文所提及的創傷問題，皆是回應史實的肯定，但用文學的方式進行對話與再現。

　　第三部分為當代的黑金政治部分，陳建忠認為這部小說取材自當今臺灣社會最為詬病的「黑金政治」問題，描述一個黑社會青年興衰起滅的過程，當中更是充滿宗教的教養探討，刻繪了一個聖與魔、真理與邪惡對抗的故事。[145]筆者想引一句話作為重要的線索，即：

　　　　「現在站在臺上的人就是彭少雄，他和血色蝙蝠關係匪淺。」[146]

---

[143] 宋澤萊：《血色蝙蝠降臨的城市》（臺北：前衛出版，2013.12），頁 285。

[144] 陳秀玲：《後二二八世代療傷進行式：臺灣小說的「創傷記憶」與「代際傳遞」》（新竹：國立清華大學臺灣文學研究所博士論文，2019），頁 6。

[145] 陳建忠：《走向激進之愛：宋澤萊小說研究》（臺中：晨星出版，2007.11），頁 188。

[146] 宋澤萊：《血色蝙蝠降臨的城市》（臺北：前衛出版，2013.12），頁 289。

第四章　魔幻的災難，然後救贖：宋澤萊《血色蝙蝠降臨的城市》之創傷敘事

這句話表明了彭少雄和血色蝙蝠的連結性又更強，雖然是帶有猜測意味，但卻不能不相信。以上關於本章出現的三次血色蝙蝠與歷史創傷之對映與敘事討論，可了解關於暴行如何影響受創的主體，且「暴行的描述是由第一手創傷敘述到間接感受創傷或想像創傷。」[147]宋澤萊對於歷史的創傷敘述有一套屬於自己的魔幻見解，無論是想像創傷或是感受創傷部分。更凸顯小說對於歷史壓迫與現實關懷的議題。

五、結語

宋澤萊的小說創作，確實在不同階段有不同的主題走向與美學實踐，但他不脫離的核心主張，就是對於臺灣的關懷與社會政治的介入與反思。本章所討論的《血色蝙蝠》長篇小說，在美學實驗方面，作者傾向魔幻寫實主義和後殖民的立場進行論述，且一再強調本土化過程的重要性，以及小說作品代表的不同時代意義。本研究希望能積極與前行研究對話找到另一條可以詮釋《血色蝙蝠》的方向，筆者認為在小說中的「創傷」意義相當值得繼續探索，並且認為作者藉由魔幻的個人災難、社會災難和政治災難所引發的小說情節，使小說的創作風格與創傷敘事增添其豐富性與「魔幻性」。

本章主要內容共分為三部分。一為個人創傷，集中在成長過程與生活經驗所感之痛苦、苦難等，但皆因為宗教的洗禮與救贖

---

[147] 白睿文著、李美燕等人譯：《痛史——現代華語文學與電影的歷史創傷》（臺北：麥田出版，2016.11），頁 34。

後，轉變成一個全新的自己，重新認識並投身宗教志業等。二為法戰創傷，前行研究已指出法戰在這本小說當中是重要的情節過程，且添加魔幻的元素在其中，讓人感受到靈、神、魔之間的鬥爭與法力相交，甚是像武俠場景，而在正邪對戰後的創傷，會導致人的脆弱、受侮辱，甚至最後彭少雄的死亡等，皆是本研究討論的議題。三為歷史創傷，關於「紅色蝙蝠」的意象／異象，據宋澤萊所言，並非襲自西方文化中對蝙蝠的寓意，而是自小在臺灣鄉間黃昏時刻的樹林間，可見到盤旋於天空群聚飛翔如黑雲的蝙蝠，所帶給他的強烈印象。[148]而小說中提及出現三次的血色蝙蝠，是三次臺灣歷史的重大事件，包括抗日、二二八事件以及當今的黑金政治，且小說中也凸顯了歷史創傷所帶來的問題與作者對於歷史創傷魔幻想像的書寫意識。

　　本研究認為，創傷是這本小說重要的核心元素，並引領魔幻敘事、宗教意涵與救贖等進行敘事與書寫，並提出另一種重新詮釋宋澤萊小說的途徑。

---

[148] 陳建忠：《走向激進之愛：宋澤萊小說研究》（臺中：晨星出版，2007.11）頁196。

第五章　罪中之最：再探黃碧雲小說《七宗罪》

一、前言

　　黃碧雲，香港 90 年代興起的小說家，她以暴力、以及性的議題創作出了許多代表性的作品，如 1994 年得到第三屆香港中文文學雙年獎小說獎的作品《溫柔與暴烈》以及在 1997 年出版的《七宗罪》，[149]此小說為本章主要探討的黃碧雲作品，她無論在敘述風格和思想上都與眾不同，在頹廢中暗喻救贖，在暴力裡則多溫柔，讓人捉摸不定。[150]黃碧雲把人間最殘忍、驚悚的真實利用其暴力的語言與文字呈現在讀者的面前，她把讀者認為平常的幸福與生活毀滅，將讀者帶入末世，逼著讀者在充滿血與性的文本裡參與她所要表達的變態、蹂躪、和七宗罪行。

　　南方朔在《七宗罪》的序言〈七罪世界的圖錄〉中提到：

> 近代文學史上，先前有兩次討論「七宗死罪」（seven deadly sins）。第一次是三十四年前。當時在《倫敦周日泰晤士報》任職的伊安‧佛萊明（Ian Fleming；007 情報

---

[149] 黃碧雲：《七宗罪》（臺北：大田出版社，1997）。
[150] 參考楊淳淳：《黃碧雲小說研究》（臺北：國立臺灣師範大學國文學系碩士在職專班碩士論文，2010）。

員系列小說作者），邀請了七位詩人作家各撰一罪，撰文者包括奧登（W·H·Auden）等。稍後，這七篇文章輯為《七宗死罪》（*The Seven Deadly Sins*）出版。第二次則在一九九三年。《紐約時報書評雜誌》見賢思齊之下，也邀請七位作家各撰一罪，被邀請者計有品瓊（Thomas Pychon）、厄普戴克（John Updike）、崔佛（William Trevor）等。除了傳統的七宗罪外，女作家奧芙（Joyce Carol Cates）自告奮勇的加上另一個她認為的第八宗罪絕望（Despair）。八篇文章稍後則以「死罪」（Deadly Sins）為名輯成書。相隔了三十年，這兩冊論死罪的著作，觀點全然相左，代表了不同時代對死罪觀念的差異和對話。這兩書早已傳為近代文學美談。[151]

七宗死罪在早些年代就已經有人在討論與說明了，這是以文學的角度在看七宗罪的議題與面向，而南方朔在《七宗罪》的序言〈七罪世界的圖錄〉中再次說明到：

「七宗死罪」在西方基督教世界裡，乃是聖奧古斯丁「原罪說」所衍生出來的觀念。他將人的不完美性，以及意志驅動下為惡的可能性定為成「原罪」。稍後，作為「奧古斯丁派」信仰者的教宗聖大貴格利（Gregory the Great），將其發揚。他在《聖大貴格利選集》裡將罪的概念更加詳細論。根據他的分類，中古拉丁教會的修道院

---

[151] 黃碧雲：《七宗罪》（臺北：大田出版社，1997），頁3。

遂定出「七宗死罪」之名。中古前期教會的許多「悔罪補贖」（Penance）條例，如〈昆米安補贖條例〉、〈提阿多若補贖條例〉等，對罪的具體內容都有綱目式的規定。[152]

本章試圖從「基督教教義」的方向引導切入黃碧雲小說作品《七宗罪》探討與研究，分析比較《聖經》中對「原罪」的定義、看法與黃碧雲利用七個全新的故事再次詮釋的七宗死罪；再來，本章會將黃碧雲小說中所提及之最輕之罪「饕餮」與最大之罪「驕傲」詳細論述與分析，並與基督教義互相呼應並探討其敘事策略。

二、基督教教義對黃碧雲《七宗罪》的影響

基督教的罪是原罪，它與法律意義上的罪是兩個不同的概念，有著本質上的區別，含有其自身特殊的韻味。[153]基督教教義中所定義的「七個死罪」分別為驕傲、嫉妒、憤怒、饕餮，貪婪、情慾、懶散。視為七種壞習慣。而原罪說，即基督宗教中認為任何人天生即是有罪的，他們的罪先天地來自其祖先——亞當與夏娃。他們因為受到蛇的誘惑而偷食了智慧之果，懂得了男女羞恥之事。《舊約聖經》創世紀第三章第一節開始：

> 耶和華神所造的，為有蛇比田野的一切活物更狡猾。

---

[152] 黃碧雲：《七宗罪》（臺北：大田出版社，1997），頁4。
[153] 張蘇：〈《七宗罪》中的宗教文化解讀〉，《考試周刊》，2012。

> 蛇對女人（夏娃）說：「神豈是真說不許你們吃園中所有樹上的果子嗎？」
> 女人對蛇說：「園中樹上的果子，我們可以吃，唯有園當中那棵樹上的果子，神曾說：『你們不可吃，也不可摸，免得你們死。』」
> 蛇對女人說：「你們不一定死；因為神知道，你們吃的果子眼睛就明亮了，你們便如神能知道善惡。」於是女人見那棵樹的果子好作食物，也悅人的眼目，且是可喜愛的，能使人有智慧，就摘下果子來吃了，又給她丈夫，她丈夫也吃了……[154]

　　基督教原罪的觀點在西方近代宗教改革地區或國家更是獲得了極端的發揮，他們索性明指，任何人生來即是惡人，只有篤信上帝（天主），才可能獲得靈魂的拯救。

　　基督教認為凡人都是有罪。作為基督徒首先的條件是承認你是一個全身充滿罪的人，這樣耶穌基督才能與你樹立契約關係。一般人對罪的看法是作姦犯科、犯法的行為、違背法律的行為，但是大部分的人都不是這種人。他們對基督教所提出的「世人都是罪人」的論說都不能認同。但從耶穌基督所指出犯了不能承受神國的罪行，在今社會的所謂法律中實在沒有幾項是違法的行為。

　　在基督教的經典《聖經》中有許多的經文是與罪有關係的，也可以從這些經文看到耶穌基督對罪的看法與解決，並勸人加入

---

[154] 《聖經和合本》（新北：聖經資源中心出版），頁3。

第五章　罪中之最：再探黃碧雲小說《七宗罪》

基督教，與神接觸之後才能洗去身上的罪。例如《新約聖經》歌羅西書第二章第 18 節至第 23 節：

> 不可讓人因著故意謙虛，和敬拜天使，就奪去你們的獎賞。這等人拘泥在所見過的，隨著自己的欲心，無故的自高自大，不持定元首，全身既然靠著他筋節得以相助聯絡，就因神大得長進。你們若是與基督同死，脫離了世上的小學，為什麼仍像在世俗中活著，服從那不可拿，不可嚐，不可摸等類的規條呢。這都是照人所吩咐所教導的。說到這一切正用的時候就都敗壞了。這些規條，使人徒有智慧之名，用私意崇拜，自表謙卑，苦待己身，其實在克制肉體的情慾上，是毫無功效。[155]

在黃碧雲的小說中，無論就文學敘事技巧，闡述文字的能力，甚至思想的深度，都讓人不得不驚奇。在小說裡邊，她以跳躍的技巧鋪述故事，情節隨意識遊走，每一個場景，一切的角色都是以第一人稱的方式出現。小說藉著這樣多方的呈現，無論張力或緊湊上都更為增加。對這個狂亂虛無的世界，罪的陰影遂更難隱藏。罪的世界是心靈的漫遊和洗淨，這也是黃碧雲想帶我們走進的七個罪。

黃碧雲本身為基督教徒，曾任香港基督徒學會主席及香港婦女基督徒協會主席，所以有關於基督教的一些教義、《聖經》的閱讀都頗有研究，《七宗罪》也是她筆下的作品之一，因為受到

---

[155] 《聖經和合本》（新北：聖經資源中心出版），頁 289。

基督教的影響，所以其作品才有如此的題材與發揮。

　　王德威曾在《跨世紀風華——當代小說 20 家》一書中提及黃碧雲的小說集《七宗罪》明白顯示了她對罪的分殊與探討。罪是惡行，是法理之外的耽溺。但罪也可能是我們存在的狀況，早已內化成為主體成立的先決條件。這樣的定義可以引出宗教思想，但黃碧雲走得更遠。宗教的救贖是她談罪的起點，而非結論。所以本章試圖以基督教教義中的原罪定義延續探討黃碧雲的小說集《七宗罪》。[156]

　　黃碧雲的七宗罪為以下七個：**饕餮、懶惰、憤怒、妒忌、貪婪、好欲、驕傲**。七宗罪之中，以**饕餮**最輕易，以**驕傲**最為大。七宗罪描繪出它們在香港這個現代社會中如何呈現。她的結論是：現代社會的人，根本就是活在地獄之中，而且完全沒有出路。最輕之罪為**饕餮**；最大之罪為**驕傲**；肉身之罪為好欲、懶惰；心罪為妒忌、憤怒、貪婪。以七個原創的故事帶我們陷入罪的深淵，並且運用暴烈的文字、強烈的情感、甚至是荒誕、殘忍、粗暴等等元素，讓整部小說除了幽暗以外，七宗罪亦是代表人的七種失敗和偏離，它是心靈的荒廢和肉身的下墜。七宗罪也呈現有七種將死模樣，但卻被共有的一根繩索串連，而這條繩索就是人對自己的放棄，放棄意味濃厚，或者將人膨脹到自我的地步。

---

[156] 王德威：《跨世紀風華——當代小說 20 家》（臺北：麥田出版，2002），頁 335。

三、罪中之最：饕餮最輕易、驕傲最為大

　　饕餮，其原意為傳說中的一種貪殘的怪物。古代鐘鼎彝器上多刻其頭部形狀以為裝飾。為何在七宗罪行當中饕餮最輕易？因為他是最容易觸犯的一種罪，他發起於人的內心，那顆貪婪、想要擁有的心。「饕餮」是一種人在失望挫敗後的逃避與轉移；「饕餮」也是一種起源於貪婪的對他人的吞噬。它是小小的絕望，小小的投降與小小的自我放棄。一個問題家庭，父親在挫敗中以食物來「饕餮」，母親則「饕餮」而畸形的佔據著兒子，而做兒子的則「饕餮」般的享用著這種畸形的關愛。整個家庭是個封閉的「饕餮」迴圈，他們彼此吞噬，相互的折磨和折磨自己。「饕餮」之為罪，乃是它佔據、它吞噬、它折磨。[157]

　　本節以人物為中心，分別以父親子寒的饕餮、母親如愛的饕餮以及兒子冬冬的饕餮三部分，引用文本中的故事情節說明此罪及其敘事策略。

（一）父親子寒的饕餮——暴飲暴食、性功能障礙

　　家庭的問題與公司的問題都是導致子寒饕餮的原因，子寒無法接受自己的太太與許多人都有進一步的關係以及自己的性功能障礙，如小喬，甚至是他們的兒子冬冬都是跟自己太太有更進一步關係的人物；還有就是公司的問題，讓他想饕餮，小小的自我絕望與放棄，文本中說到：

---

[157] 黃碧雲：《七宗罪》（臺北：大田出版社，1997），頁 6

> 小喬靠近他，低聲說：「有人說你們核電廠最近發生洩漏燃料事件，是吧？」子寒依依喔喔，不好說是，又不好說不是……[158]

子寒在挫敗中，通常以吃東西來滿足饕餮欲望，文本中子寒幾乎出現的畫面都是在吃，無論是吃了什麼東西，那些都是次要，而是吃東西的時刻，是不是都有一些意義，以下以文本分析來看看子寒的「吃」與「饕餮」之間的關係。

> 他問她：「妳餓嗎？要不要吃點東西。為什麼你這樣瘦。」也不知道還有話沒說完，覺得自己在吃德國鹹豬腳，接著又吃了東坡肉和無錫排骨，站到了懸崖邊，一群一群的黑毛豬衝下去，豬們都張開嘴，在叫，但沒有聲音。
> 很靜很靜。她醒來已經在寂靜的夜裡，如愛靜靜的睡在他旁邊。[159]

此段筆者從吃到的食物可以大膽分析，這並不是真的所吃到的食物，而是在做某一件事情所引用的象徵手法，也就是兩人在從事性行為的過程。

> 他想來想去越想越恐怖，就不要想下去，他便想想家中冰

---

[158] 黃碧雲：《七宗罪》（臺北：大田出版社，1997），頁 18。
[159] 黃碧雲：《七宗罪》（臺北：大田出版社，1997），頁 15。

第五章　罪中之最：再探黃碧雲小說《七宗罪》

箱有什麼可吃的。[160]

　　這是他不想繼續想自己太太的情人到底有多少這件事情，所以他決定繼續對食物饕餮。

冬冬待他們走後，也砰的關上房門，晚飯冬冬如愛都不肯出來吃，子寒一個人在吃即食麵，開了電視看吵鬧的遊戲節目，還看得呵呵大笑。[161]

　　子寒為了不妨礙他的兒子與太太，所以決定饕餮的吃即食麵，而且還利用好笑的電視節目，讓自己暫時放棄。

十年了，十年都沒有辦法做一個真正的丈夫。[162]
「彼此彼此而已。你記得嗎？我剛小產醫生囑我不能行房，你還天天早早晚晚的要，怪不得你後來──」[163]

　　以上文本內容就是他的另一個家庭問題，性功能有障礙，導至他會找食物饕餮，也越來越胖。

---

[160] 黃碧雲：《七宗罪》（臺北：大田出版社，1997），頁 19。
[161] 黃碧雲：《七宗罪》（臺北：大田出版社，1997），頁 25。
[162] 黃碧雲：《七宗罪》（臺北：大田出版社，1997），頁 22。
[163] 黃碧雲：《七宗罪》（臺北：大田出版社，1997），頁 31。

（二）母親如愛的饕餮——對性愛的渴求與貪婪

　　如愛的饕餮，可以從文本清楚的看到，是對於性的渴求與貪婪，想要吞噬、占有，文本中如愛所饕餮的男子有三位：子寒、冬冬、以及小喬。在此篇中如愛和兒子冬冬的互動最多。

> 　　如愛用雜誌蓋回他的臉，十分柔弱對冬冬說，：「你爸爸不要我了，你要不要我？」子寒聽得耳朵都豎起來。「你和媽媽睡吧，媽媽怕。」沒聽到冬冬的回答，只聽到如愛用手指騷冬冬。冬冬的大腿已經長了成年男子的腳毛了。子寒看著越不像話，索性翻個身將頭埋在枕頭裡。[164]
>
> 　　如愛道：「真奇怪，你說的是什麼話呀？我是他媽媽呀，我當然愛惜他呀。你有什麼問題，你要不要去看看醫生，是不是電廠那裡太辛苦了？」[165]
>
> 　　如愛在客廳道：「冬冬，給我按摩按摩吧，好舒服呀。」[166]

　　這三段文字都是在說明如愛對冬冬的一種不尋常的感覺與想要饕餮、占有冬冬的一種表現，也就是母親如愛的饕餮，但這是畸形、不正常的現象，也可從如愛已經放棄自己的狀態來分析這樣的情況。

---

[164] 黃碧雲：《七宗罪》（臺北：大田出版社，1997），頁20。
[165] 黃碧雲：《七宗罪》（臺北：大田出版社，1997），頁29。
[166] 黃碧雲：《七宗罪》（臺北：大田出版社，1997），頁31-32。

（三）兒子冬冬的饕餮——對母親的依賴與佔有慾

兒子冬冬的饕餮，可以說是被動產生的，因為母親如愛的表現，使得冬冬理所當然接受，也成為了他的依賴。接受大於付出，冬冬順其自然的接受了這樣的關愛。

> 「我不要去。去英國很辛苦，沒有人給我弄飯吃，病了沒有人照顧我。」子寒急道：「你就貪圖這些小恩小惠。」冬冬道：「我為什麼要付出這樣辛苦。這樣很好呀，媽媽什麼都給我，我什麼都不用做，什麼都不用管。」子寒能說他自甘墮落嗎？子寒萬念俱灰，什麼都給掏空了。[167]

因為冬冬這樣回答，導致子寒的傷心、萬念俱灰，而這段文字可以徹底表現出冬冬的饕餮，對於媽媽的依賴與無時無刻都想在一起。

饕餮最輕易，表示這樣的罪行是最容易觸犯的，而且會在你不知不覺中就出現，也因此饕餮罪被放在黃碧雲《七宗罪》小說中的第一篇。

驕傲罪為大，一切的罪，最大的仍是「驕傲」，它是人的自我專擅，是自我極大化之後將一切都挪為己用的貪得與自鳴正義。在古代基督教體系裡，「驕傲」被探討的最多，「驕傲」的罪最大，乃是它造成人的「墮落」。聖保羅說：「自認為聰明，反成了愚拙。」聖奧古斯丁也說：「邪惡的意志是如何開始的，

---

[167] 黃碧雲：《七宗罪》（臺北：大田出版社，1997），頁31。

只是由於驕傲。驕傲豈不是一切罪的開端嗎？……驕傲是因為人太愛他自己了。」在小說裡，黃碧雲藉著一名來自瀋陽的數學天才的驕傲與墮落，將「驕傲」的貪得、狂亂，做了深刻的展露。[168]

黃玫瑰為〈驕傲〉一篇的主角，黃碧雲把她描繪成一個聰明理智、沉醉於數學的人，而此為人類理性的最高表現，但是他完全不理會身邊的人，甚至是數學教授文章說到：

「聽說她回香港去了。」蘇流說。

「黃玫瑰是個怎樣的人。這很難說。」蘇流說。

「她想自己的事情比較多。」蘇流說。

「她是個怎樣的人，我實在不太清楚。」蘇流說。[169]

黃玫瑰因為抄襲他人的論文而被除去教職，所以她只能重新投入社會職場，但是因為她的態度，加上驕傲的感覺，她發現她被孤立了，而且是真正的孤立無援，發現自己完全不能在現實社會中生存。她的罪，無疑的是驕傲，此即成為她的缺點。

驕傲的罪最大，那是因為它是導致人墮落的關鍵，成功的人，通常保持平常心、也不驕傲，但是一旦產生驕傲這種罪，墮落的機率就會變得很大。

---

[168] 黃碧雲：《七宗罪》（臺北：大田出版社，1997），頁 7。

[169] 黃碧雲：《七宗罪》（臺北：大田出版社，1997），頁 19。

四、結語

　　黃碧雲的小說，受到許多評論家、學者的多方關注與批評，她的作品中常常使用激烈的語言與強烈的暗示作為其敘事策略與闡述方法，形塑其迥異的小說文風並獨樹一幟。

　　本章先從西方基督教教義中的「原罪說」為開端，《聖經》言原罪即基督宗教中認為任何人天生即是有罪的，他們的罪先天的來自其祖先──亞當與夏娃。再來，進一步切入小說文本，探討黃碧雲《七宗罪》如何受到基督教七宗罪的影響，本章指出，宗教的救贖是黃碧雲談罪的起點，而非結論，黃碧雲把人間最殘忍驚悚的真實利用其暴力的語言與文字呈現在讀者的面前，也把平常的幸福與生活給毀滅，將讀者帶入末世，逼著讀者在文本裡參與她所要表達的變態、蹂躪、和七宗罪行。

　　再者，舉例七宗罪行中最輕之罪：饕餮，以及最大之罪：驕傲為主要探討二宗罪，經由分析及討論後，指出饕餮的罪行是最容易觸犯的，而且會在不知不覺中就出現；然而驕傲的罪行最大，是在於它是導致人墮落的關鍵，一旦產生驕傲這種罪，墮落的機率就會變得很大。

第六章　文革記憶的眾聲喧嘩：論戴厚英《人啊！人》之論述表現

一、前言

　　中國在文化大革命之後（1976），進入了「新時期文學」的時代，許多的中國當代文學作品有意識、或者無意識下創作文革相關主題的小說作品，包括余華（1960-）、蘇童（1963-），或是較早期，也是本章所討論的主人翁戴厚英（1938-1996），石曉楓認為，在初始的文革敘事中，文學與意識型態始終維持曖昧的聯繫，此或在文本中直接呈現，或隱藏於文本內部；作家往往一方面批判文化大革命，一方面又為自己的行為進行辯護。[170]陳思齊也在討論文革前後人性問題的論述中指出，戴厚英的小說《人啊！人》裡面充滿了錢谷融[171]對人的詮釋，對階級人性的解釋，或許這種方法正是一位學生對於一位老師最真誠的懺悔，最高的敬意。[172]戴厚英在文革時期思想為「極左派」，積極參與各

---

[170] 石曉楓：《狂歡之聲與冷酷之眼──文革小說中的身體書寫》（臺北：里仁出版，2012.08），頁 8-9。

[171] 錢谷融為戴厚英的老師，但戴厚英卻於 1960 年「高舉毛澤東紅旗，批判資產階級文藝思想」會員大會中，大力批鬥其師錢谷融，也因此得到「小鋼砲」的外號。

[172] 陳思齊：〈重新拼湊的「人」〉，《儒學研究論叢》第十輯（2019.06），頁 52。

項政治活動，1960 年到上海作家協會擔任文藝哨兵的工作，這是一項缺乏個人與主體意識的工作，也引領戴厚英在文革終了後在重新探究人性議題，以及階級議題時有全新的理解與認識。當長篇小說《人啊！人》在廣東花城出版時，受到許多的批判與不解，戴厚英自己也顛覆了之前的思想束縛，反而從其師錢谷融對於人性與人道主義的理論作為小說的主軸，用不同的文學敘事與技巧「再現」文革時期知識分子的記憶與歷程，筆者認為，這也是戴厚英對於文革時自我的一種反思與重新檢視。

對於戴厚英《人啊！人》的研究，已有一些累積，主要的研究路徑包括對人性與人道主義的探究[173]、創傷書寫的意義[174]、小說中知識分子的人物形象[175]、以及小說書寫的文體選擇和語言風格[176]。從這些文獻研究的觀看與彙整可以發現，他們多討論的是從歷史背景或文革經驗去談作者的書寫動機、關懷的宗旨，或是人物形象的建構等問題，較少觸及《人啊！人》小說的論述表現與特色，在敘事的策略與方法也是泛論，只有陳思齊在〈重新拼湊的「人」〉一文中有談到戴厚英這本小說放棄了毛時期以來的

---

[173] 黃裳裳：〈人性的自省——戴厚英論〉，《文藝理論研究》（1998.06），頁 19-23、85。

[174] 簡瑩萱：《崩毀與重建——戴厚英小說的創傷書寫》（桃園：元智大學中國語文學系碩士論文，2014）。

[175] 劉晰：〈迷失中的不同軌跡——評戴厚英《人啊！人》中的知識分子形象〉，《文藝理論研究》第 33 卷第 1 期（2016.02），頁 112-114。

[176] 朱菊香、方維保：〈論戴厚英的小說創作〉，《海南師範大學學報（社會科學版）》第 23 卷第 4 期（2010.04），頁 26-29。劉霞雲：〈戴厚英《人啊！人》的文體選擇與文學反思〉，《南京師範大學文學院學報》第 3 期（2015.09），頁 7-14。楊增宏：〈戴厚英小說語言風格〉，《阜陽師範學院學報（社會科學版）》第 3 期（2003.03），頁 57-58。

寫作方針，及社會主義寫實主義，而是採用現代派的手法，以多聲道的方式，展示她對人的思考。[177]筆者將延續上述論點，進一步探討《人啊！人》如何現代？怎樣多聲道？且在多聲進行的小說結構中，有何特點或敘事承繼。本研究將指出：戴厚英《人啊！人》小說中的知識分子們各有不同且多元的文革記憶，無論是文革世代或是後文革世代的角色，且戴厚英使用眾聲喧嘩的表現手法呈現多音聲響的現象；然「小說家」在小說中的敘事功能也讓小說的節奏、情節、人物定位更加多元且呈顯不同的論述表現。

二、知識分子的文革記憶：眾聲喧嘩的論述表現

集體記憶，是將個人的記憶放在社會環境當中來探討，即所謂「集體記憶」。王明珂指出記憶是一種集體社會行為，現實的社會組織或群體（如家庭、家族、國家、民族，或一個公司、機關）都有其對應的集體記憶。[178]經過文化大革命的人們，他們有共同的經歷，也共同生活在這樣一個語境以及歷史當中，以至他們會存有共同的集體記憶。戴厚英的長篇小說《人啊！人》中出現大量的角色人物，每一章都以一個人物為主要的敘事者，在其角色下的敘事語境展開小說的情節與敘述，且在章與章之間做轉換，呈現「眾聲喧嘩」之感，是一種現代主義的寫作特色。「眾聲喧嘩」的理論概念出自於巴赫汀。巴赫汀學派對於文學作品中

---

[177] 陳思齊：〈重新拼湊的「人」〉，《儒學研究論叢》第十輯（2019.06），頁51。
[178] 王明珂：〈集體歷史記憶與族群認同〉，《當代》91期（1993.11），頁7。

結構的關注甚深,也可把它視為一種形式主義,而他們所關心的,是語言或論述作為社會現象。「文字」乃是主動、動態的社會符號,能夠在不同的社會與歷史情境裡,為不同的社會階級呈現出不同的意義與弦外之音。巴赫汀對於「眾聲喧嘩」這個概念做了清楚的定義,它確立了脈絡定義話語的方式,而就社會聲音的多重性,以及個人表達於其中的運作來看,這些說話方式具有「異聲雜陳」的色彩。單一的聲音可以給人統一且封閉的印象,但說話方式總是不斷(在某種程度上是無意識的)產生許多源自社會互動(對話)的意義。且巴赫汀並沒有強調文本反映社會或階級利益的方式,而是語言被用來瓦解權威與解放另類聲音的方式。[179]同時,巴赫汀認為「雜語性」體現了小說體裁的本質,而雜語性又同時代性相聯繫。小說體裁的出現與發展,是同社會的轉型、語言和思想的穩定體系出現解體相聯繫的,新的文化意識、文學意識和文學創作意識是存在於積極的多語世界之中。[180]

從上述爬梳可得知,眾聲喧嘩是一個文本多聲的概念,在理解同一個社會事件或是歷史時期的同時,如果只剩下一個聲音的詮釋與認知,絕對會消弭其他人對此事的多元與異質,而戴厚英的《人啊!人》就是以「多元的知識分子形象」以及「多元的文革記憶」交織而成的一部極具「現代派」的小說,我們不能忽略的是,他們都在談文革,但在經歷、體會、位置上皆有不同。本節筆者先從小說的篇目排版,探討小說人物的出現次序以及主標

---

[179] 雷蒙・塞爾登、彼得・維德生、彼得・布魯克合著、林志忠譯,《當代文學理論導讀(第四版)》(臺北:巨流出版,2005.08),頁 52-53。

[180] 程正民:《巴赫金的文化詩學研究》(北京:中國社會科學出版社,2017.03),頁 264。

第六章　文革記憶的眾聲喧嘩：論戴厚英《人啊！人》之論述表現

題、副標題帶出的時代意義與角色立場，進而將人物分為「文革世代」以及「後文革世代」，指出兩代人對文革的不同認知，進而呈顯小說中「眾聲喧嘩」的意義。

多元的敘事者轉換在此小說的章節以及所提之要旨中能清楚看到其中的脈絡與意義，以下筆者以表格的方式呈現：

表 6-1：《人啊！人》的章節與要旨

目次	標題	副標題
第一章	每個人的頭腦裏都儲藏著一部歷史，以各自的方式活動著。	
一	趙振環	歷史是一個刁鑽古怪的傢伙，常常在夜間對我進行突然襲擊。我的頭髮白了。
二	孫悅	歷史和現實共有著一個肚皮，誰也別想把它們分開。我厭倦了。
三	何荊夫	我珍藏歷史，為的是把它交付未來。我正走向未來，但路還遠。
四	許恒忠	全部歷史可以用四字概括：顛來倒去。過去我顛倒別人，如今我被別人顛倒。我算看透了。

117

目次	標題	副標題
五	孫憾	歷史對於我，就是這張撕碎了的照片。我不喜歡，也忘不了。
六	奚流	歷史還是揪住我不放，給了我一個叛逆的兒子。我毫無辦法！
第二章	每顆心都為自己尋找歸宿，各有各的條件。	
七	何荊夫	憾憾，讓我們作個朋友。
八	趙振環	孫悅，我要求你寬恕。
九	孫悅	老許，你對我說這些，我真的沒想到
十	憾憾	媽媽，我要嚴肅地和你談一談。
十一	李宜寧	朋友，像我這樣生活吧。
十二	陳玉立	孫悅，別忘了，人言可畏。
十三	何荊夫	孫悅，要創造，不應等待。
十四	孫悅	憾憾，媽媽作了一個奇特的夢
第三章	這樣的事每天都發生：心與心互相撞擊，或爆出火花，或只有響聲。	

目次	標題	副標題
十五	小說家	同學不盡同路,殊途未必同歸。
十六	趙振環	為了找回自己,我接受你們的審判。
十七	何荊夫	我的心一刻也不曾平靜。
十八	孫悅	和解?原諒?這麼輕輕易易的?
十九	憾憾	為什麼,歷史首先壓在我肩上的是包袱?
二十	何荊夫	父親的奶水也是血變的。
二十一	孫悅	我從失去中得到,我將創造。
第四章	這樣的天氣應屬正常:東邊日出西邊雨,道是無晴卻有晴。	
二十二	奚流	竟然「放」出這類東西來了,真的越來越離譜了。我不准放。
二十三	孫悅	誰能想到竟然會發生這樣的事。
二十四	何荊夫	風來雨就來。出乎情理之外,卻在意料之中。

現代小說家的創作美學與敘事風景

目次	標題	副標題
二十五	游若水	我的頭腦從來不及產生思想。所以，我永遠隨時準備反戈一擊。
二十六	小說家	簡單的事情為什麼會複雜化？人的因素第一。
二十七	趙振環	我失去了應該失去的，找回了應該找回的。

　　小說總共分為四章，而這四章中，分別以十個人物貫穿，加上一位「小說家」，這位小說家在這本小說占有重要的角色與地位，也為這本小說在敘事與論述上產生一定的功能與效果，筆者將於第三部分進行討論。從這四章的主標題，可以看出四章主要所談的東西以及敘事的進程是有所不同但存有關係性的，第一章「每個人的頭腦裏都儲藏著一部歷史，以各自的方式活動著。」訴說著在文革時期或後期，每個人都已經歷時代的洗禮與影響，但每個人又因不同的生活遭遇或選擇而有不同的個人記憶或對歷史的不同解讀，這是大歷史下不同人物小歷史的眾聲與喧嘩，包括何荊夫下鄉的生活境遇與流浪，孫悅對歷史和現實的態度，呈現不可分割的景況，並訴說何荊夫、趙振環對自己過去到未來的檢視與放不下，趙振環認為歷史就像一場夢，常在夜裡突襲，無法防備。

　　第二章「每顆心都為自己尋找歸宿，各有各的條件。」從自我剖白的歷史呈現回歸到人物與人物的內心，在相互溝通與對話

第六章　文革記憶的眾聲喧嘩：論戴厚英《人啊！人》之論述表現

的過程中，凸顯文革經驗與傷害後的「周旋過程」，無論是後文革世代與文革世代的對話，或是同世代的溝通與訴求，在第二章的故事進程中多有呈現，也能從副標題發現，每個人物都有想對話的對象，包括何荊夫對孫悅、憾憾的激勵與釋出善意；趙振環對孫悅提出的原諒；以及憾憾對母親孫悅的嚴陣以待，都可以發現戴厚英在讓角色發聲的同時，是否也在試圖回應自己對於文革的記憶，或是有什麼實情是需要解決、商討的過程，當作家與作家自我內心的協商過程，用小說的敘事手法呈顯在情節當中，讓人物與人物進行對話，這亦是一種自我反思、甚至療傷的過程。

第三章「這樣的事每天都發生：心與心互相撞擊，或爆出火花，或只有響聲。」算是第二章的延續，更像是對於第二章人物所提出的對話、商量做出回應，但這些回應並不是直接了當的，而是經過多重內心掙扎而出的，就如趙振環提出「孫悅，我要求你寬恕。」而孫悅回「和解？原諒？這麼輕輕易易的？」如果我們先把小說內文放置在一旁，從標題、副標題就能看出敘事情節的演變與關係性，甚至對話的關係，這也是筆者所要提出這是具特色的小說論述策略。第三章更回歸到主角的內在心境，甚至是內心的糾結，我是否該原諒？或者是我是否豁達接受處罰、審判？

第四章「這樣的天氣應屬正常：東邊日出西邊雨，道是無晴卻有晴。」在小說中談到了何荊夫書籍出版的問題，也就是集中探討思想解放、人道主義這個部分，也回歸到這本小說的書名「人」的問題，這本小說以「人」的眾聲喧嘩來貫穿，更以「人性、人道主義」為中心思想進行敘事與探討，匯集出關於文化大革命的集體記憶，在最後一章也呈現了無奈與悲痛，其中涉及了

批鬥的情節,更再現了文革時期的批鬥場景,讓人不禁思考,關於文化與思想的控制與批判,在當時根本不能提到人道主義這個問題。

所以從章節的安排可以看到,不同的知識分子在文革時期或文革後,都有關於自身應該解決,或必須處理的課題,無論是情感上的,或是政治上的都一樣,每個人所要完成的功課也都不同,呈顯了人物的「非典型」性,更跳脫了一人視角的僵固模式,而是以現代感「眾聲喧嘩」的方式去進行敘事,更能讓閱讀者感受到多方心靈的交互影響,呈現交響的多音樂章。

再來,標題的十位人物,包括主要角色何荊夫、孫悅以及趙振環,他們在角色的設定上都是真實經歷文革的人物(奚流、許恒忠、李宜寧、陳玉立、游若水也是),他們屬於「文革世代」,而孫憾(憾憾)以及標題沒有出現的人物奚望並未經歷文革,而是因上一代的洗禮、影響、反叛,筆者將他們二位歸為「後文革世代」。後面的部分,筆者將討論「後文革世代」對文革記憶的特殊呈現,以及他們所訴求或欲了解的思想狀況。

「後文革世代」的主人翁為孫悅與趙振環之女孫憾(憾憾),以及奚流之子奚望,以憾憾為主要敘事者的章節為五、十、十九,憾憾常常受到母親孫悅的影響,心情也會隨之動盪:

> 我的心碎了。大人只知道他們的心會碎。孩子的心也會碎。我一見到媽媽的眼淚心就碎。淚水順著我的腮幫往下流。
>
> 「媽媽!」我又叫了一聲。我想問媽媽,為什麼這麼難

第六章　文革記憶的眾聲喧嘩：論戴厚英《人啊！人》之論述表現

過？就因為我的這個紅燈嗎？可是我沒問。[181]

憾憾根本就不知道母親在傷心什麼，但孫悅並沒有想到憾憾也是會一起傷心的人，而以為女兒還不懂。從引文可以看到文革世代無形之中也影響了後文革世代的人們，一舉手一投足都有可以造成困惑或引發像憾憾等人的提問與不解。

然而，因孫悅與前夫趙振環的離婚，更影響著憾憾，也因此讓憾憾改變了他原先的生活以及母親對她的關愛方式：

> 「媽媽，你應該告訴我，你和爸爸到底為什麼？」我大著膽子問。這個問題藏在我心裏已經很久很久了。媽媽呀媽媽，告訴我吧，我已經十五歲了。[182]
> 可是自從媽媽和爸爸分開，我的名字改成「憾憾」（本來是環環），媽媽就變了。還是和以前一樣，媽媽捨不得吃穿，盡量給我吃得好些，穿得好一些。可是媽媽很少和我親熱了。我在媽媽眼裏好像只是一個要吃要穿的小動物。我覺得，我在媽媽的心裏像美元在國際市場上一樣貶值了。我不再是媽媽的「好寶寶、香寶寶」，而是媽媽的「遺憾」了。[183]

這是上一世代對下一世代的影響與變化，更是文革造成的某

---

[181] 戴厚英：《人啊，人！》（香港：香江出版，1985.12），頁51。
[182] 戴厚英：《人啊，人！》（香港：香江出版，1985.12），頁52。
[183] 戴厚英：《人啊，人！》（香港：香江出版，1985.12），頁53。

種傷害。我們可以發現，憾憾一直在接受某些結果，但她也試圖在這些既定的事實下進行反抗與提問，這或許是後文革世代對文革世代的另一種理解或反省，也是憾憾對文革的另類記憶。

憾憾也讓孫悅和何荊夫這段上世代情愛糾葛中，在這個世代有不同的發展與變化。孫悅和何荊夫的感情，從小說一開始就讓人摸不著頭緒，但重點是，憾憾相較於許恒忠，她更喜歡何荊夫，也介入在孫悅與何荊夫中心，有意或無意之間搭出了一座橋，包括孫悅同意憾憾幫何荊夫送飯或去找他之類的，從憾憾的視角中，也能看出孫悅對何荊夫的關心，本來看似不可能的兩人也因此改善了對彼此的糾結或態度。而憾憾與父親趙振環的重逢，也受到了孫悅的影響，雖然孫悅請憾憾自己決定，但她也必須顧及媽媽以及何叔叔的心情，歷史的結果憾憾並未直接參與，但歷史的包袱卻壓在她的身上。

> 可是我的爸爸來了，我還贊成何叔叔和媽媽好嗎？這可教人為難了。要看我爸爸到底是個什麼人吧？要是他是個壞人，還是要何叔叔好。可是，何叔叔會留一個壞人和自己住在一起嗎？不會的。不過，他難道不恨爸爸嗎？向奧賽羅那樣，嫉妒？那個奧賽羅會殺死苔絲苔蒙娜，多可怕呀，愛情！將來我還是去作尼姑的好。[184]

從引文可以明顯看出憾憾內心的掙扎，乾脆消極的去當尼姑算了，也不觸碰愛情議題，筆者判斷，憾憾試圖在替上一代的情

---

[184] 戴厚英：《人啊，人！》（香港：香江出版，1985.12），頁242。

愛糾葛做最後的判準與收尾，也盡量在選擇方面能夠說服雙方，化解從上一代遺留至今的問題，這或許也能成為憾憾對文革的特殊記憶。

奚望也是後文革世代，奚流的兒子，奚流稱之他為「造反派」[185]，他們兩個關係不好，甚至可以說是連說話都說不上，因為他們有不同的理想，奚望也對父親之前的一些事蹟相當不以為然，甚至反對，導致他們中間似乎有一面高高的牆，怎樣也跨不過去。奚望這個人物或許在這本小說中的份量不是太多，但卻在世代與世代之間有畫龍點睛的效果，凸顯了世代差異與叛逆因子，也可看出奚望對於文革的記憶或經驗是藉由反對父親而建立起來的，也對文革大力的批判。

本節從小說的章節安排，情節敘事的鋪陳，一直到小說知識分子人物的形象與展現，都在在建構了對於文革記憶的「眾聲喧嘩」景象，無論是文革世代的知識分子，或是後文革時代的憾憾、奚望，他們都受到文革影響，而藉由不同的生活體驗、歷史經歷與文革的人事物進行對話、協商、或是和解，更反映了戴厚英身為小說創作者可能觸及的自我反思狀態與意義。下一節筆者將進一步討論小說章節出現的人物「小說家」在整本小說中所扮演的角色以及敘事功能為何。

---

[185] 戴厚英：《人啊，人！》（香港：香江出版，1985.12），頁 63。

三、「小說家」的敘事功能

　　以「小說家」的名義出現在「人物姓名」的欄位中，確實令人感到突兀，也不禁讓人懷疑，作家是否有想表達之意圖或內涵。人物「小說家」在十五節時出現，還有第二十六節，總共出現兩次，但需注意的是，第一次小說家出現在全書中間的部分，為何他要在中間出現，且經過閱讀之後，這樣的擺放策略在全書中扮演相當重要的角色。因此，本節將從敘事學的理論作為觀察工具，看看這樣的論述在整本小說當中有怎樣的敘事功能，且與其他章節的承繼關係為何。

　　第十五節一開頭，即以一「小序」為始：

> ×年×月×日，原 C 城大學中文系五九、六〇屆畢業生何荊夫、孫悅、許恒忠、吳春、李潔、蘇秀珍以及號稱「小說家」的我，在 C 城大學教工宿舍三幢一〇二室孫悅的家裏相聚。這一次是歷史性的會見，值得大書特書。每個人都是典型。每個人的經歷都可以寫一部長篇小說。……[186]

　　後面也寫到：「大家公推我對此次會見作一次綜合性的報導。報導要求……」[187]。從上述引文可知，小說家在此所欲運用的即為「報導」式的寫作，且可以進一步發現，所有的章節都沒有用「小序」為開頭，但在此節卻有，這是小說家預先將本節的

---

[186] 戴厚英：《人啊，人！》（香港：香江出版，1985.12），頁185。
[187] 戴厚英：《人啊，人！》（香港：香江出版，1985.12），頁185。

第六章　文革記憶的眾聲喧嘩：論戴厚英《人啊！人》之論述表現

時間、空間、理念或是主旨先在小說當中完成，而不讓本節的進行有所突兀或有問題，這是作者在章節安排上一個巧妙的敘事結構，在於本節的所有人物都以姓名代表，然後「我」是一個看似有名有姓，但卻不那麼真實存在的人物「小說家」來擔綱，這似乎「抽離」了整本小說「眾聲喧嘩」的現代性主觀敘事軸線，但從另一個角度想，「小說家」也可以納入到「眾聲喧嘩」的小說結構當中，進行不同於其他人物角色的表述與聲明，所以這讓人在閱讀小說時提供了一種「過渡感」，而這看似不合，卻也能夠緊密結合的形式與結構，從主觀敘事軸線，跳到客觀敘事軸線，而在十六節又轉回主觀敘事軸線，更使這本小說在章節安排所呈現的視角轉換效果顯著，也進一步讓本節的定位更加清晰。

　　所以，從敘事學的角度來看，「小說家」為一「客觀敘事者」，其他人物，包括何荊夫、孫悅、許恒忠等人為「主觀敘事者」。客觀敘事者就如同報導者的角色，直接了當的以第三人稱敘述角色、位置、動作、語言等，絕少部分出現敘述傾向或是情感，但需注意，客觀敘事者保持客觀的姿態，並不意味著作品不帶任何意識型態的痕跡，只是作品中的主觀因素不在敘述者的敘述中流露。[188]所以綜觀第十五節，相較於其他章節，小說家在進行敘事的時候雖然還是有自我呢喃的段落，但較多呈現的，是在於其他角色的客觀互動，吳春說、許恒忠覺得、孫悅嘆口氣說……等，他們在各自章節對於自我的內心糾葛以及對話的自我敘事減少了，被當成第三人稱，所以十五節小說家的用途，除了是整本小說的過渡時刻，也是每一個人物角色的過渡時刻，從客

---

[188] 胡亞敏：《敘事學》（臺北：若水堂出版，2014.02），頁56。

觀的角度觀看剛剛以主觀者敘事的人物,更給人不同的感受以及認識。

再來,內文中所有的人物皆以第三人稱的視角書寫,且主要集中三個人物:吳春、蘇秀珍、李潔,小說家深刻的描述這三個人物因其對話、自述或與其他角色的爭論來形塑這三角色對於理想與現實的想法與實際經歷,把在小序中所謂的「典型」人物書寫的相當深刻,中國在文革期間或文革後,典型的人物太多了,大家都可以是典型,如同小序中言:「每個人都是典型。每個人的經歷都可以寫一部長篇小說。[189]」或許這整本小說的人物,都是作者有意識刻劃出來的中國典型人物,但在十五節中,小說家就利用其敘事,以短短的篇幅讓我們看到了另外三位文革期典型人物,且和何荊夫等人同輩,但有著相差甚大的文革經驗。

小說家這節的副標題為「同學不盡同路,殊途未必同歸。」筆者認為這句話除代表本節的內容主旨外,也是在總結 1 至 14 節的內容,包括何荊夫、孫悅、或是趙振環,說明每個人的文革歷史背景,所遭受的經驗也不同,如同本節人物李潔,她在大學畢業後就報名到農村去當鄉村女教師,這是她自己的選擇,也相當有理想抱負,雖然之前的個性可能較為寡言,不受到注目,但當她決定下鄉時,卻是震撼了許多的人。另一人吳春,希望為西藏教育奉獻,但卻意外成為武工人員,也甘於活在現實當中,從這兩位的經歷,加上前幾節主要人物的敘事論述,也可回應大時代下小人物的不同歷練,或是命運。

然而,筆者注意到其中一段對話:

---

[189] 戴厚英:《人啊,人!》(香港:香江出版,1985.12),頁 185。

孫悅簡直不相信。她一再問何荊夫：「是真的？老何！」何荊夫對她笑笑，然後點點頭。她還想向他說什麼，但看到他在注視著自己，便把目光轉向別處，不說了。我覺得今天他們的情狀是叫人高興的。[190]

這段敘事是因吳春自述一星期就被安排娶了一位衛生院的護士成一家庭而感到驚訝，筆者認為小說家在此有承接前後節繼續鋪陳何荊夫與孫悅兩人糾葛的感情，「我覺得今天他們的情狀是叫人高興的。」這是小說家以第三人稱敘事角色給予的一種評判，期待這兩個角色的情感能持續保持如此或繼續加溫。所以可以發現，綜觀整本小說的編排和結構，第十五節在敘事手法上和其他節有極大的差異，情節表現上也呈現較多客觀的描述，比起其他章節來說，理性敘事的成份變多，角色情感的展演鮮少，且相對來說是較為難讀的，但卻帶給閱讀者一種「緩衝」的感覺，不會一直陷溺在小說的情節當中，跳不出其框架，或許，適時的跳出原本的敘事框架能帶給小說更多元的閱讀視域與特色展現，也能保持原有的故事發展。

第二十六節的小說家又有不一樣的展現，主要是在內容鋪陳上，比較不是小說書寫的形式上。前一節有提到，第四章主要是圍繞在何荊夫欲出版《馬克思主義與人道主義》一書，卻一直受到阻擋而困難重重的事情，第二十六一開頭即言：

無論怎麼忙，我都要去看何和孫悅了。

---

[190] 戴厚英：《人啊，人！》（香港：香江出版，1985.12），頁189。

> 《馬克思主義與人道主義》一書的出版問題在出版社成了一條不大不小的新聞，這是我原來沒有想到的。[191]

跟第十五節相同之處，在於一個以「報導」為始，而第二十六節以「新聞」為始，以一般人的認知來看，報導與新聞都屬客觀事實的內容，所以這樣的開頭也試圖將敘事客觀化，這節在全書倒數第二節，亦是第四章倒數第二節，擺在此處有意在整合或梳理第四章何荊夫《馬克思主義與人道主義》一書出版的問題。小說家在本節所擔任的角色，也有點像解決這件事情的參謀，他與何荊夫、孫悅一起討論如何解決書無法出版的問題，並給予多方的想法。然了解過後，發現事情都不是想像中的好解決，所以也回應本節的主旨：「簡單的事情為什麼會複雜化？人的因素第一。」所有的事情都是人搞出來的，無論是意識、思想或其他，甚至是恩恩怨怨。

綜論本節對小說家在小說中的敘事功能，總共可以分為幾點，包括擔任客觀敘事者的小說家，在整本小說中呈現更為客觀，或是將主觀敘事拉出，不會一直陷溺在小說的主觀敘事情節當中，而他也擔任了整本小說的緩衝功用，轉換步調，使讀者有停頓，或感受到小說不同的的節奏感，再來就是豐富了角色的多元觀看視角，能讓讀者檢視以主觀敘事的人物與客觀描寫下的異同，更因小說家為第一人稱敘事者，讓其他角色有不同的形象展現。在第二十六節中，小說家則以「參謀」的角色出現，給予意見與想法。從上述的討論中，可以看出戴厚英小說技法的先鋒

---

[191] 戴厚英：《人啊，人！》（香港：香江出版，1985.12），頁323。

性,也能更細緻的討論出小說家的敘事功能。

四、結語

　　戴厚英小說《人啊！人》出版艱辛,出版後受到多方正反面的讚賞與批評,除了對戴厚英這個人的評判之外,也對《人啊！人》開始極力關注。臺灣對於戴厚英的小說以及研究方面甚少關注,筆者也希冀本研究能增添戴厚英小說的研究面向與視野。

　　文革小說是中國當代文學的表現主題,多受到中國文化大革命的洗禮,無論是隱喻的、或是直接的書寫文革,都是值得研究的文學議題。戴厚英《人啊！人》著重討論人道主義的問題,借用現代派「眾聲喧嘩」的書寫方式,讓筆下不同的知識分子藉由第一人稱的方式訴說、傾吐關於文革的生活與記憶,也因文革世代與後文革世代的人物所呈現的記憶、觀點或批判有所差異,更凸顯小說的論述表現多元且有其特殊性。而《人啊！人》中的「小說家」在其中扮演重要的角色,包括緩衝小說情節、將主觀敘事拉往客觀敘事的論述表現,以及扮演參謀的角色定位,都讓這本小說在敘事上更加現代,且有其自我的節奏性。

第七章　健全作家與殘疾作家筆下的中國當代殘疾文學研究——以王祥夫與史鐵生為探討對象

一、前言：中國社會與中國當代殘疾文學

　　中國五四運動期間，著重推展個人主義與人道主義，而到了 1978 年中國改革開放之後，重新發現「人」的重要性，在 1990 年後，底層文學開始發展，其中有關於「人」的議題也越來越被重視。現今社會中，平等這樣一項議題是常被世人所討論的，無論是男女平等、種族平等、甚至是健全人與殘疾人的平等。本章所指之「健全人」與「殘疾人」為身體外觀之差異與分別，並未涉及到心理狀態（如憂鬱症、躁鬱症等）問題。然而，殘疾文學屬於邊緣文學的一部分，其文學作品的作家包含「健全作家」以及「殘疾作家」，健全作家所創作的殘疾文學為「殘疾主題文學」，殘疾作家所創作的殘疾文學為「殘疾作家文學」。這兩種文學皆為殘疾文學，但兩者是否有一些不同？健全作家所關懷的面向會不會與殘疾人作家所書寫、採用的有所出入。

　　殘疾主題文學，筆者選擇了王祥夫的作品〈半截兒〉，而殘疾作家文學部分，則選擇史鐵生的作品〈命若琴弦〉，中國的殘疾作家甚多，如張海迪、朱彥夫、阮海彪、舒新宇，筆者所選擇

這兩位作家的作品原因為：王祥夫為一位健全人作家，但書寫的卻是殘疾文學，並且其中的原因是其弟弟即為一位殘疾人士，王祥夫盡心盡力的照顧身為殘疾人的弟弟，從每天在一起生活與對弟弟的了解，可以從一個健全人的觀察角度更了解殘疾人的心態、需求以及內心的感受，進而完成一部又一部出色的殘疾文學。史鐵生為殘疾人，21歲那年，史鐵生因禍雙腿癱瘓，從此他的命運發生了巨大變化。對於一個年20歲，擁有大把青春夢想青年人來說是一個沉重的打擊，剛剛對人生充滿了無限的憧憬結果瞬間變成一場空。但他以這項經歷為其基石，試圖把自己碰到的一些困境放入文學作品中。他以身體上的差異、心理上的欲望、精神上的孤獨，加上對死亡的感悟，反映於其文學作品中。

即使〈半截兒〉與〈命若琴弦〉主角的殘疾設定有所差別，但並不妨礙本章的論析與探討。〈半截兒〉主角半截兒與蜘蛛屬於四肢上的身體殘疾，而〈命若琴弦〉的老瞎子與小瞎子是屬於五官的殘疾，但筆者認為這兩種殘疾雖是屬於不同方面的殘疾，但其在社會位階、生理需求、心理慾望上皆會有重疊之處，以致筆者才會從眾多中國殘疾作家中挑選二位作家來進行研究與探討。

王祥夫作品〈半截兒〉中描寫了一對極度卑微的殘疾夫婦，「半截兒」與「蜘蛛」為主角的姓名，從命名上可以看出王祥夫以冷峻寫實的筆調，去描述這對夫婦在眾人的眼裡是古怪的、奇異的，而他們的生活因為健全人的歧視與不平等對待，生活的相當艱辛。王祥夫以人的關懷為出發點，默默而同情地關注這些底層人的生存狀態。王祥夫的書寫風格是否受到其弟弟的影響而產生了這些關懷面向？對底層人們的關心而有這樣的文學作品？

第七章　健全作家與殘疾作家筆下的中國當代殘疾文學研究
——以王祥夫與史鐵生為探討對象

　　史鐵生作品〈命若琴弦〉以老瞎子及小瞎子為主角，身體上就與健全人不同，那心理慾望呢？老瞎子及小瞎子精神上的孤獨，是依靠琴而得到紓解，加上老瞎子的師傅跟老瞎子說：「我留下一張藥方，只要彈斷一千根琴弦方能抓那副藥，吃了藥就能看見東西了。」這個信念與目標一直支持著老瞎子與小瞎子。史鐵生這樣的敘述策略，有什麼樣的特色筆法與切入故事的角度？皆是本章探討的論題。

　　本章著重下面幾點探討：這兩篇同一種文類、但不同類型作家所書寫的殘疾文學，是否有一些相同處或不同處？從小說設定中的身體差異有何不同？小說主人翁及作家所展演的心理欲望，有何敘事策略？與作家本身的關聯性何在？有鑑於此，本研究以健全與殘疾作家筆下的中國殘疾文學研究為研究主題，進行析論與比較兩篇小說，期望能夠了解健全作家筆下的殘疾主題文學與殘疾作家筆下的殘疾作家文學是否會因為生長環境與背景的不同與歷練、經驗的差異而產出不同或相似面貌的文學作品。

二、從《史記》談起：文獻回顧與探討

　　殘疾文學從古到今其實都一直伴隨在讀者的身邊，殘疾人形象是文學作品中不可或缺的要素之一，也是文學研究的重要物件，例如古代文學中編纂《史記》的司馬遷、《水滸傳》中殘疾的梁山兄弟、《施公案》中的主角施公[192]；現代文學中魯迅的

---

[192] 陳慶艷：〈論中國文學作品中殘疾人形象的流變〉，《名作欣賞》（2013：23），頁 150~151。

〈孔乙己〉中孔乙己最後的斷腿形象以及張愛玲《金鎖記》中二少爺的肢體殘障等等。而殘疾文學研究在全球社會中，無論在中國或是國外，都是一個比較新穎的課題，關於殘疾文學研究的最新動向，可以參照陳彥旭期刊〈隱喻、性別與種族──殘疾文學研究的最新動向〉[193]一篇。

　　王祥夫現為中國國家一級作家，從其作品《人呢，聽說來了？》所收錄的〈半截兒〉中可觀察到，他的小說常常深入城市下崗工人和鄉村農民的生活，寫作對象大多為在底層生活的人們，深刻的刻劃底層老百姓在苦難中流露出來的奮鬥展現抗壓力，從逆境中書寫，擠出深層的人性與光輝，當然，筆者在這裡說明，王祥夫之小說作品還是有些例外，並不是每一篇都在此論述框架底下。對於以上論述，張艷梅所發表的期刊〈在底層點亮一盞倫理的燈火──王祥夫小說論〉[194]支持上述所提出的取材部分，王祥夫的小說像一盞燈火照亮幽暗的民間，溫暖且綿長的光亮，朝向人類的善和生命的堅韌，創作取材來自於底層生活的老百姓。王祥夫善寫短篇，但是他對現實的關注面，卻非常廣闊，可以說他是一個緊隨社會生活變遷而寫作的人，城鄉之間的各種人物、各種生活樣態都可以在他小說中看到一個縮影。他小說的關注點是側重於底層和弱勢群體。筆者認為這種視角的選擇，絕非一種簡單的道德立場的選擇，其中也包含著作家對時代的分析判斷，在這個急劇轉型和變化的社會中，心理煎熬最厲害最劇烈

---

[193] 陳彥旭：〈隱喻、性別與種族──殘疾文學研究的最新動向〉，《外國文學動態》（2010：6），頁 56~57。

[194] 張艷梅：〈在底層點亮一盞倫理的燈火──王祥夫小說論〉，《文藝理論與批評》（2010：03），頁 81。

第七章　健全作家與殘疾作家筆下的中國當代殘疾文學研究
——以王祥夫與史鐵生為探討對象

就是這些深處底層的弱勢群體。王祥夫小說，在作者入世近俗的敘述態度中，往往將流動的細節敘述變為空間化的工筆細繪，他總是很耐心地一筆一筆描畫每一個細節，猶如宋人的院本畫，色調豐富而變化分明，在鋪陳細節中把生活中氤氳的煙火氣渲染而出，讓人在品味生活味道的同時，感受到作者那份悲天憫人的人道主義的現實關懷。

健全人筆下的殘疾文學，從王祥夫的〈半截兒〉可大致看到，是以全人視角書寫，但王祥夫的敘事口吻極有魅力，讓讀者有融入作品中的感覺，謝虹光〈王祥夫短篇小說藝術試探〉[195]說到王祥夫小說本質上是沒有做任何理論的評判以及分析的，讀者只須認真的用心品味。他娓娓道來的故事使你和著淚水與惆悵，追隨著作者冷靜地鋪陳與細緻地描述，用生命直覺進入特定的場景情境之中去深切地感受，那是作者獨特氣場的所在，不能不被他說的故事所感染。

對於王祥夫雖然寫底層的人民生活及困苦書寫，且受到弟弟的影響，但王祥夫沒有把他們描寫成憤世嫉俗的人們，從〈半截兒〉可以明顯看到，半截兒雖然放棄了反抗的意識，但他對於人性並沒有絕望，還是擁有期待與希望的。張艷梅所發表的期刊〈在底層點亮一盞倫理的燈火——王祥夫小說論〉[196]支持上述所提出的理論：雖然寫底層，作家沒有滿懷憤怒為底層代言，也沒有沉醉其中臨摹生存，而是以一種飽含愛意的溫暖，無聲地擁抱

---

[195] 謝虹光：〈王祥夫短篇小說藝術試探〉，《山西廣播電視大學學報》（2011：01），頁 87。

[196] 張艷梅：〈在底層點亮一盞倫理的燈火——王祥夫小說論〉，《文藝理論與批評》（2010：03），頁 82。

了那個沉默的群體。

　　論述提到在〈半截兒〉中，半截兒和蜘蛛的存在總是被人忽視，儘管他們「生性敏感而自卑」，王教員等甚至對他們的存在感到生氣。半截兒和蜘蛛小心翼翼地活在夾縫中，他們談不上遠大的理想，活著的任務也很簡單：掙錢，生孩子。王祥夫曾說，短篇小說的創作不僅表現在「寫什麼」，還表現在「怎麼寫」。這方面的研究可參考郝春濤的期刊〈草根視閾下的悲憫情懷——山西作家王祥夫小說特色〉[197]一篇。

　　王祥夫以底層人民為創作素材，以他擅長的短篇小說用全人視角書寫，未使用分析或理論的方式敘述。王祥夫說故事的語氣與文字的娓娓道來打動讀者與人們內心最深處，他的小說給人一種無形的力量，照亮民間與底層社會。他和著淚水與憫悵，不為底層代言，而是用溫暖的與沉默無聲的支持在社會上不被重視、甚至被歧視的這個群體。

　　張建波〈理想‧幻想‧冥想‧思想——史鐵生創作的精神軌跡探析〉[198]則論析史鐵生在中國當代文學史上有著難以複製的精神歷程，本篇論文凸顯其獨特的存在價值，並提及史鐵生對於哲思文本的建構更是豐富了中國當代文學的內涵。史鐵生超乎尋常的關懷殘疾、詰問宿命、領受苦難、思索困境、穿越生死、探索愛情，求證靈魂的寫作成為其活著的理由，成為其活著的方式，成為其活著的姿態，成為其活著的價值。其文學創作與人生同

---

[197] 郝春濤：〈草根視閾下的悲憫情懷——山西作家王祥夫小說特色〉，《藝術評論》（2008：05），頁97~99。

[198] 張建波：〈理想‧幻想‧冥想‧思想——史鐵生創作的精神軌跡探析〉，《東岳論叢》（2012：09），頁53。

第七章　健全作家與殘疾作家筆下的中國當代殘疾文學研究
——以王祥夫與史鐵生為探討對象

構,一部個人的精神歷史折射出時代的萬象圖,他所經歷的理想、幻想、冥想、思想的精神軌跡與其文學創作有著隱秘的關聯,他猶如逆遊的行魂,穿行於寫作之夜,生命的體驗凝成華章,人生的閱歷豐厚為精神。

「史鐵生之於很多人,首先就是一種救心的藥,懵懂於黑暗中抓過來一把,不想吃下去後竟然非常的止疼。史鐵生筆下的世界是灰色陳黯的,但卻是非常溫暖的,能夠讓人內心不知不覺變得堅強強大。」[199]短篇小說〈命若琴弦〉便是其中的傑作。它向我們揭示出一個簡單卻又深刻的生存哲理,人,惟其有信仰才能構築人生。而人生的意義就在對這信仰追求的過程中。關於論述殘疾作家的殘疾文學特徵,這方面的研究可參照余慧玲〈信仰之光照亮美麗旅途——簡論史鐵生〈命若琴弦〉的人生哲理〉[200]。

至於盧傑〈生命靈魂的守護者——從史鐵生文學作品中感悟生命的意義〉[201]則提到,從〈命若琴弦〉的一些故事情節可以看到一些史鐵生的影子在小說中,直面殘疾是史鐵生文學之路的基石,感悟死亡是史鐵生文學創作的發源,超越生死是史鐵生文學作品的方向。身體上的差異一直是史鐵生最在乎的一件事情,也是眾多殘疾人共同在乎的一件事情,〈命若琴弦〉說到小瞎子不甘心自己因為是個瞎子而追不到心儀的蘭秀兒,除了身體上的差

---

[199] 余慧玲:〈信仰之光照亮美麗旅途——簡論史鐵生〈命若琴弦〉的人生哲理〉,《牡丹江師範學院學報》(2013:04),頁31。

[200] 余慧玲:〈信仰之光照亮美麗旅途——簡論史鐵生〈命若琴弦〉的人生哲理〉,《牡丹江師範學院學報》(2013:04),頁29。

[201] 盧傑:〈生命靈魂的守護者——從史鐵生文學作品中感悟生命的意義〉,《黑龍江教育學院學報》(2010:11),頁112-113。

異之外,他與健全人一樣,希望擁有一段幸福的欲望,但往往事與願違。

從史鐵生的作品中,隱約都能發現其中的一些情節往往能反映史鐵生內心深處的想法、不平、欲望等等。在 21 歲時就失去了雙腿,他靠著寫作來支撐自己生活目標,〈命若琴弦〉也帶我們領會惟有「信仰」才能構築人生,而人生的意義就是對這信仰追求的過程,因而史鐵生藉由這樣的信仰所創作的文學作品,帶給人們一些心靈上的體會與啟發。

從以上文獻回顧中,可以發現關於王祥夫及史鐵生的創作研究相當多元,可分為以敘事視角分析文本、哲學角度看人生、文學風格及創作特色等方向。筆者將以以上所提到的觀念及研究,試著從身體差異、心理欲望等不同層面分析兩者的創作風格與特色。

三、半截兒、蜘蛛與瞎子:小說析論及其敘事策略

本節以「文本分析」的角度切入與研究,「殘疾主題文學」與「殘疾作家文學」皆屬殘疾文學,但其作家一是健全人,而另一個則是殘疾人,以健全人作家與殘疾人作家所創作的殘疾文學來作比較,同一種文類、但不同類型作者所書寫的殘疾文學,是否有差異之處?筆者以健全人作家王祥夫的作品〈半截兒〉與殘疾作家史鐵生的作品〈命若琴弦〉為例子,探討以下所述之主題及其敘事策略。

第七章　健全作家與殘疾作家筆下的中國當代殘疾文學研究
　　　——以王祥夫與史鐵生為探討對象

（一）身體差異分析

　　在兩篇小說文本中，各有兩位身體有所殘缺的主人翁，〈半截兒〉中的「半截兒」與「蜘蛛」夫婦為主角，他們皆為殘疾人士，半截兒下肢因意外而被鋸，而蜘蛛則是因為從小得到一種怪病，連醫生都不曉得原因為何，導致於四肢不再生長，現在的她形體有如一隻蜘蛛一樣。史鐵生〈命若琴弦〉以老瞎子及小瞎子為主角，皆為看不到萬物的人。從小說中可以查看作者對這些殘疾主角的敘事。

1.〈半截兒〉蜘蛛在小說中的身體樣貌敘述：

> 蜘蛛是個女的，個子怎麼說，只有正常人的一半兒，她不是侏儒，而是小時候得了一種怪病，這種病連醫生都說不出是什麼病，這種病讓她長到一半兒就不再長了，她的四肢看上去好像還正常，但和她的身子比就顯得特別的長而細，而且蜷曲著，這在以前好像還不怎麼顯，自從她一結婚，而且呢，去年居然還懷了孩子，這簡直就是奇蹟！[202]

2.〈半截兒〉半截兒在小說中的身體樣貌敘述：

> 她（蜘蛛）的男人叫什麼？就叫「半截兒」。半截兒是個正常男人，只可惜在十六歲上和院子裡的孩子們趴火車玩兒，從火車上摔了下來，讓火車把下半截給收了去，半截

---

[202] 王祥夫：《人呢，聽說來了？》（臺北：寶瓶文化，2007.03），頁 15。

兒現在是連一點點腿都沒有，是實實在在的半截兒。[203]

3.〈命若琴弦〉老瞎子與小瞎子在小說中的身體樣貌敘述：

> 莽莽蒼蒼的群山之中走著兩個瞎子，一老一少，一前一後，兩頂發了黑的草帽起伏攢動，匆匆忙忙，像是隨著一條不安靜的河水在漂流。無所謂從哪兒來，也無所謂到哪兒去，每人帶一把三弦琴，說書為生。[204]

　　從這三段小說原文可以看出其身體差異與兩位小說家不同的敘事策略，而這樣的敘事策略也可從健全作家與殘疾作家看出異同。

　　王祥夫在描寫殘疾主人翁時，描寫得相當清晰，讓讀者能夠真實想像半截兒與蜘蛛的形象與長相，一般人身高的一半、圓肚細四肢等等，具體描述、確實書寫，但是在史鐵生的小說並沒有辦法真正看出老瞎子和小瞎子的真實長相和形象，則是交代他們都是瞎子然後就進入小說情節，從中的敘事差異性筆者從兩個部分著手分析：第一部分是疾病的詮釋空間，身體上的殘缺（如四肢、行動等等）都是比較容易被關注與發現的，所以王祥夫才會用較多筆墨去建構殘疾的主人翁形象，也可推到其生長環境，因為其殘疾人的弟弟，所以筆者推論王祥夫才會有這樣的敘述；五

---

[203] 王祥夫：《人呢，聽說來了？》（臺北：寶瓶文化，2007.03），頁15。

[204] 史鐵生：《命若琴弦──史鐵生小說精選集》（臺北：木馬文化，2004.12），頁11。

第七章　健全作家與殘疾作家筆下的中國當代殘疾文學研究
——以王祥夫與史鐵生為探討對象

官的殘疾在外表比較不會被注意到，例如啞巴，從外表是看不出其不會說話的，瞎子雖比其他五官更能從外表看出，但相對於身體上的殘疾，還是較不明顯的，所以史鐵生許是因為這樣所以沒有在瞎眼這件事情上大做文章。

第二部分談到健全與殘疾人作家心靈的部分，史鐵生本身為殘疾人士，所以筆者推論，他因心理障礙緣故，所以不願在小說中用多餘的篇幅描述殘疾人的形象，彷彿是在描述自己，將自己袒露在讀者面前，也因為他不想再用小說二次傷害這些殘疾人，更不願再提醒自己是個殘疾人這件事情，避開痛處，是筆者推論為何他會有這樣的敘事的結果，兩者的小說才會有此不同。

（二）心理欲望分析

從心理欲望的視角分析兩篇殘疾小說，殘疾人雖然在生理上有所缺陷，但是心裡所想要的、所奢求的和健全人沒有不同，甚至希望更多，畢竟他們在外觀上已經落後於健全人，心中的不平是可明顯見到的。〈半截兒〉中半截兒夫婦希望大家可以一視同仁，不要視他們為異類、怪物，他們也是人，也需要一個平等的生活環境。〈命若琴弦〉小瞎子希望自己能夠與一般人一樣，可以戀愛、及獲得心理上對於戀愛的欲望與滿足。

先從〈半截兒〉開始討論：在夜晚時刻，出門是件很平常的事情，但是發生在蜘蛛身上，恐怕就不是件容易的事情，從小說中可以清楚看到王祥夫的描寫及敘事策略：

那天晚上，她黑呼呼的出去，把看到她的人嚇了一跳，是

> 個上晚自習的女孩兒，那女孩兒真是嚇得不輕，簡直是嚇壞了，那女孩兒扔了書包尖利地叫起來，以致那女孩兒的家長氣憤地找到了蜘蛛的家裡，又找到了街道：那家人也太不講理了，說像蜘蛛這樣醜陋的人就不應該上街，說到後來，那女孩兒的家長動了氣，居然又說像蜘蛛這樣的人應該待在雜技團⋯⋯
> 辦事處左主任蹲下來，一半開玩笑一半正經的對半截兒和蜘蛛說這事也不能怪人家是不是？[205]

從這段引文中可以看到蜘蛛因為身形與外表的關係，導致她在夜晚出門的時候嚇到了一位女孩兒，也被其家長用不雅的激烈性語詞所批評，蜘蛛的行動、生活權利受到限制，並且讓他們感到很慚愧，蜘蛛更萌生：那自己還是不要晚上出來好了這樣的想法。她渴望自己能跟大家一樣自由自在的生活，但這些種種事情，讓她這些想法不斷被銷毀、抹滅。

> 人的身體可以和別人不一樣，但心一定還是一樣的。愛美之心人人都有，半截兒和蜘蛛都知道自己是醜陋的，不堪入目的，所以，簡直是平白無故，半截兒和蜘蛛就好像自己欠了鄰居什麼。[206]

半截兒常常幫鄰居的小孩修鞋，而且都是主動修了又修，感

---

[205] 王祥夫：《人呢，聽說來了？》（臺北：寶瓶文化，2007.03），頁16-17。
[206] 王祥夫：《人呢，聽說來了？》（臺北：寶瓶文化，2007.03），頁19。

第七章　健全作家與殘疾作家筆下的中國當代殘疾文學研究
　　　　——以王祥夫與史鐵生為探討對象

覺好像欠了別人什麼。其實很簡單，半截兒和蜘蛛自己的心理已經有比別人低一下階層的感覺。這段也是在感嘆外表的弱勢與不一樣，但是我們愛美的心是一樣的，你我是平等、需一視同仁才對，這也是蜘蛛與半截兒的期許、欲望。

殘疾人最怕的一件事情莫過於如果自己的下一代和自己一樣有疾病、殘疾的話那該怎麼辦呢？小說中的蜘蛛已懷有身孕，後邊也有送醫過程等等，以下引文為蜘蛛為她腹中的孩子擔心：

> 讓蜘蛛害怕的是如果生下個孩子像自己怎麼辦？半截兒有什麼法子呢，只有安慰蜘蛛，說蜘蛛的好處別人想來還來不了，首先是省衣服，天塌下來呢，首先是砸到別人。[207]

蜘蛛擔心自己的孩子，加上醫生有告誡蜘蛛說她的身體不適合懷孕生子，但她還是想要把自己的孩子生下來，許是怕自己在生產過程中有意外，自己沒辦法照顧孩子，所以才詢問半截兒如果孩子是有殘疾的，他要怎麼辦？如何照顧？從此段可以得知，自己有殘疾，當然不希望親人也跟自己一樣受到他人異樣眼光的看待，甚至不公平的對待，所以她期許自己能夠平平安安生下孩子，而且是健康的孩子，和一般人過一樣的生活、日子。心理欲望的展演往往讓一個殘疾人有勇氣活下去、生活，因為這是追求的一個方向與目標。

史鐵生的〈命若琴弦〉講述在群山中走村串巷說書維生的藝人：老瞎子與小瞎子，師父老瞎子秉持著一種信念，是來自於他

---

[207] 王祥夫：《人呢，聽說來了？》（臺北：寶瓶文化，2007.03），頁 20。

的師父對他傳下的可以看見世界的方法：即是彈斷一千根琴弦之後，便可以將放在琴匣的藥方取出抓藥，服用之後就可以重見天日。且將這種信念再傳給小瞎子，老瞎子窮極一生就是為完成這項師傳傳承下來的使命。

當老瞎子發現徒弟小瞎子不認真練琴、老是想像著電匣子裏廣播的「曲折的油狼」是為何物的時候、與玩伴兒蘭秀兒遊樂的時候，師父就會勸他好好練琴，習得一身好手藝得以養活自己才是最重要的事情，而男女感情之事是靠不住的，意圖讓小瞎子打消、抹滅這個念頭。[208]

〈命若琴弦〉引文探討首先討論的是小說裡那帖神奇的藥方，可以治好眼瞎的毛病，但須要先彈斷一千根琴弦才能去抓那副藥，老瞎子囑咐小瞎子：

「咱這命就在這幾根琴弦上，您師父我師爺說的。我都聽過八百遍了。您師父還給您留下一張藥方，您得彈斷一千根琴弦才能去抓那副藥，吃了藥您就能看見東西了。我聽您說過一千遍了。」
「你不信？」
小瞎子不正面回答，說：
「幹嘛非得彈斷一千根琴弦才能去抓那副藥呢？」
「那是藥引子。機靈鬼兒，吃藥得有藥引子！」
「一千根斷了的琴弦還不好弄？」

---

[208] 參考陳雀倩論文：〈新時期文學電影與文學作品表意結構的殊軌──比較史鐵生〈命若琴弦〉與陳凱歌《邊走邊唱》的敘事意義〉，《中國現代文學》19期（2011：06），頁198-199。

第七章　健全作家與殘疾作家筆下的中國當代殘疾文學研究
——以王祥夫與史鐵生為探討對象

>　　小瞎子忍不住嗤嗤地笑。
>　　「笑什麼笑！你以為你懂得多少事？得真正是一根一根斷了的才成。」
>　　小瞎子不敢吱聲了，聽出師父又要動氣。每回都是這樣，師父容不得對這件事有懷疑。[209]

　　這張藥方是流傳下來的，所以老瞎子不准小瞎子對這件事情的質疑，史鐵生這樣的敘事策略與鋪陳是訴說著「希望」這件事情，如果老瞎子和小瞎子在說書遊走的過程感到絕望、或是想要放棄生活等等，他們還可以想到：如果我彈斷一千根琴弦，就可以開藥方去抓藥，我的眼睛就會好，更讓他們有希望、有活下去的動力。從這樣的小說情節可以看出，主角對於想要讓眼睛復明，跟一般健全人一樣能夠自由自在的生活這件事情的渴望，心理欲望充滿在小說當中，實也反映史鐵生的內心，畢竟他自己就身為殘疾人士，對此的感受一定深刻、熟知。

>　　小瞎子又不敢搭腔了，跪到灶火前去再吹，心想：真的，不知道蘭秀兒的臉什麼樣。那個尖聲細氣的小妮子叫蘭秀兒。
>　　（中間省略）
>　　灶膛裡騰的一聲，火旺起來。小瞎子再去添柴，一心想著蘭秀兒。[210]

---

[209] 史鐵生：《命若琴弦——史鐵生小說精選集》（臺北：木馬文化，2004.12），頁16-17。

[210] 史鐵生：《命若琴弦——史鐵生小說精選集》（臺北：木馬文化，2004.12），頁

老瞎子和小瞎子在旅途中居住在野羊嶺上的一座小廟（小瞎子二次來到此地），遇到一個妮子名叫蘭秀兒，而小瞎子對蘭秀兒的感情不一般，但是老瞎子對於這段兩小無猜的感情，是持反對意見的。畢竟自己有些經歷，知道一個瞎子與一個健全人的感情，是不會開花結果的，而且付出的一定比收穫的來得少，不成正比。

> 兩個人又默默地吃飯。老瞎子帶了這徒弟好幾年，知道這孩子不會撒謊，這孩子最讓人放心的地方就是誠實，厚道。
> 「聽我一句話，保准對你沒壞處。以後離那妮子遠點兒。」
> 「蘭秀兒人不壞。」
> 「我知道她不壞，可你離她遠點兒好。早年你師爺這麼跟我說，我也不信……。」
> 「師爺？說蘭秀兒？」
> 「什麼蘭秀兒，那會兒還沒她呢。那會兒還沒有你們呢……」
> 老瞎子陰鬱的臉又轉向暮色濃重的天際，骨頭一樣白色的眼珠不住地轉動，不知道在那兒他能「看」見什麼。[211]

23-24。

[211] 史鐵生：《命若琴弦——史鐵生小說精選集》（臺北：木馬文化，2004.12），頁32-33。

第七章 健全作家與殘疾作家筆下的中國當代殘疾文學研究
——以王祥夫與史鐵生為探討對象

　　本段引文可以清楚看到老瞎子勸諫小瞎子把自己的心收回來，不要再放在蘭秀兒身上了，離他遠一點，對小瞎子比較好，即使蘭秀兒不壞，但是能不能「看」見還是相當重要的，從對話來看，老瞎子也有吃過這樣的虧，本來也不相信師爺說的話，但最後也後悔沒有聽勸，所以老瞎子希望小瞎子可以好好想想，如何才是對自己最好的。

> 　　蘭秀兒呼出的氣吹在小瞎子臉上，小瞎子感到了誘惑，並且想起那天吹火時師父說的話，就往蘭秀兒臉上吹氣。蘭秀兒並不躲。
> 「嘿，」小瞎子小聲說：「你知道接吻是什麼了嗎？」
> 「是什麼？」蘭秀兒的聲音也小。
> 小瞎子對著蘭秀兒的耳朵告訴她。
> 蘭秀兒不說話。
> 老瞎子回來之前，他們試著親了嘴兒，滋味真不壞……[212]

　　〈命若琴弦〉一文用了許多的篇幅敘述小瞎子、蘭秀兒的認識、曖昧、愛情等過程，可以見得史鐵生將其小說情節的重點放在此處，更可以從中看到殘疾人對於愛情的慾望、情慾展現等等與一般健全人是無異的，他們對於身體的佔有、情感的寄託等等都希望能極力展現，不因身心受損而有誤。

---

[212] 史鐵生：《命若琴弦——史鐵生小說精選集》（臺北：木馬文化，2004.12），頁37。

就是這天晚上,老瞎子彈斷了最後兩根琴弦。兩根弦一齊斷了。

他沒料到。他幾乎是連跑帶爬地上了野羊嶺,回到小廟裡。

小瞎子嚇了一跳:「怎麼了,師父?」

老瞎子喘吁吁地坐在那兒,說不出話。

小瞎子有些犯嘀咕:莫非是他和蘭秀兒幹的事讓師父知道了?

老瞎子這才相信:一切都是值得的。一輩子的辛苦都是值得的。

能看一回,好好看一回,怎麼都是值得的。

「小子,明天我就去抓藥。」

「明天?」

「明天。」

「又斷了一根了?」

「兩根,兩根都斷了。」

老瞎子把那兩根弦卸下來,放在手裡揉搓了一會兒,然後把它們並到另外的九百九十八根中去,綁成一捆。

「明天就走?」

「天一亮就動身。」[213]

老瞎子有點被小瞎子與蘭秀兒感動到了,於是想盡辦法要去

---

[213] 史鐵生:《命若琴弦——史鐵生小說精選集》(臺北:木馬文化,2004.12),頁37-38。

第七章　健全作家與殘疾作家筆下的中國當代殘疾文學研究
——以王祥夫與史鐵生為探討對象

抓藥，看一眼也好，他沒辦法達成的事情，希望小瞎子能夠如願，美夢成真。在小說最後，真正打開了保存了五十年的藥方，卻是一張白紙，老瞎子因此知道了師爺的意思了，並回去和小瞎子說，需要斷一千二百根弦，才有辦法夢想成真，開琴槽取藥方。

　　史鐵生用這樣的小說敘事，實在鋪陳一個簡單的生理現象「看得見」這件事情，對於視覺障礙的人士，是一件多麼難達成的願望，也許付出了再多的努力，都不一定會有對等的回報，在愛情上也是，健全人與殘疾人的愛情，修成正果是困難的，在小說的敘述中，蘭秀兒依然沒有跟他在一起。老瞎子似乎也有一段令人傷痛的一段感情，這也是小說心裡欲望分析的著重部分。史鐵生所描摹的殘疾世界，並非在強調殘疾人如何敏感、痛苦，如何需要同情和幫助，他「不會滿足於在人與人關係中寫出殘疾怎樣呼喚平等，重新樹立他們作為真正的『人』的形象。殘疾問題可以有更深更廣的意蘊，那就是人的廣義殘疾，即人的命運的局限。」[214]

　　比較兩個小說文本心理欲望的分析與差異部分，王祥夫〈半截兒〉著重的部分在於日常生活與內心期盼能夠與健全人一樣，甚至不希望有不同的對待、歧視等等出現在他們的生活當中。而〈命若琴弦〉除了主角內心期盼能夠與健全人一樣看得到這件事情，與半截兒、蜘蛛希望自己能夠有健全人一樣的身體、外觀心情是類似的之外，史鐵生多用了筆墨去琢磨愛情、情慾在健全人

---

[214] 賈玉紅：〈殘疾意識和人類情感——重讀史鐵生〉，《固原師專學報》第26卷第四期（2004.07），頁29。

與殘疾人之間的關係，雖然愛人的心是一樣的，但本身條件的不對等，依然是個障礙、阻隔。本節所討論的兩大部分：身體差異與心理欲望的比較，探討健全作家王祥夫與殘疾作家史鐵生是如何操作自己小說的敘事策略，是否會有不一樣，或是與自己的親身經歷會有所關聯。本節指出，兩位中國當代殘疾作家所處理的面向會有所不同，小說敘事著重的部分亦然。

四、結語

經過分析與比較王祥夫〈半截兒〉與史鐵生〈命若琴弦〉兩篇小說後，本章在身體差異、心理欲望方面，得到相似與差異之處。

兩篇小說主角皆以殘疾人為主角，〈半截兒〉半截兒與蜘蛛屬於肢體殘疾、而〈命若琴弦〉老瞎子與小瞎子屬於五官殘疾。〈半截兒〉半截兒夫婦的殘疾展現在外表上，旁人一眼就可看出他們與身為健全人的自己不同，所以作者在小說文本描述中加重半截兒夫婦的生活方式以及其他健全者、或是鄰居的觀感；〈命若琴弦〉老瞎子與小瞎子看不見萬物，但是他們仍然拿著琴邊走邊唱，外表上看來雖與健全人沒有差別，但其內心的情感、甚至是身為殘疾人自己所創造出的自卑感，依然存在。史鐵生〈命若琴弦〉著重描寫主角內心的掙扎與想法，不大談論外表上的差異。健全作家與殘疾作家所創作的殘疾文學作品敘述的視角也因關懷的面向有所異同。〈半截兒〉一文作者以精煉工整的語句娓娓訴說小說內容，其以旁觀者的寫作手法、用說故事的方式給予

第七章　健全作家與殘疾作家筆下的中國當代殘疾文學研究
——以王祥夫與史鐵生為探討對象

讀者身在其中的感覺，多了一分作者對主角的關懷與同情，這也完全呈現王祥夫對底層人民的關心與重視。史鐵生因為自己即為殘疾人士，在〈命若琴弦〉的情節中也彷彿能找到其對殘疾人士的現實關懷。健全人與殘疾人的心理欲望及生理需求皆相同，從兩篇小說的分析與比較後可看出半截兒夫婦與老瞎子、小瞎子一樣皆希望享有與平常人一樣的待遇、機會、甚至是情感與愛戀。

　　本章從研究動機、文獻回顧，再到研究方法與小說析論，以王祥夫與史鐵生兩為作家的作品例子來探討健全作家與殘疾作家筆下的中國當代殘疾文學研究。臺灣目前對中國當代殘疾文學的研究相對稀少，期望本研究可以豐富臺灣學術界對中國當代殘疾文學的研究。

結　論

　　從臺灣出發，連結香港以及中國大陸現當代的小說創作及美學展示，是本書在探討及研究之終極關懷，藉由不同小說家自身的寫作脈絡，以及探究更新穎之角度重新建立小說家的創作系譜，展示其代表性與在文壇上的歷史意義與美學價值。本書在章節安排上，從臺灣日治時期小說家翁鬧開始，緊接進入白先勇的小說世界，以及後續改編、轉譯的電影與電視劇作品，進行比較與研究。宋澤萊近期對基督教的忠誠信仰，從魔幻寫實的小說創作反饋自身對「創傷」意識的思考。香港經典女作家黃碧雲有運用基督宗教「原罪」作為小說寫作的結構，思索人對於不同罪責的想像與極限。戴厚英的人道主義關懷盡收在《人啊，人！》當中，從不同人物角色的對話與說法，建構出一套多元解讀之意義與對社會、政府作為之反省。中國的弱勢群體，包括殘疾人士，在寫作上作家也多關懷此主題，透過王祥夫與史鐵生的小說比較，看見身分不同、想法不同而造就了差異殘疾小說之成果。

　　現代小說家總是能在不同時代撰寫出不同標的與意義的小說作品，可謂其創作美學的關懷生發，每每在教學現場講授小說課程時，筆者總會提醒學生，小說有部分「預言」的性質在其中，許多小說在情節的鋪陳、人物的角色設定，以及故事進程，跟現實都有或多或少的相似性與關係性，可見小說家在寫作上總是能走在社會的前面，因為小說家的想像力所造就這樣的新樣態。因

此，小說家的創作不僅諭示了個人的意志，也反射現實社會的脈絡。本書之未來展望，在於現代小說家的研究仍是以專家論、部分小說文本之研究探究，當然研究不完，不管是臺灣或是域外的小說家，礙於篇幅與章節無法延伸與繼續探究，甚是可惜，但本書的出版是必須的，階段性的研究成果希望能多有專家學者以及讀者的指點，日後還能繼續進行相關的研究，相信一定有可研究性與突破性的成果。至此，本書以「現代小說家」為主，建構出小說美學與敘事策略之研究。藉由不同小說家、主題、以及關懷面向進行討論與爬梳，理解不同現代小說家對於文本與社會之互動關係，且小說家有意識、無意識的在文本當中展現創作意圖與敘事美學觀，從上述回顧可見研究成果，更呈顯多元且豐碩的小說藝術發展。

參考書目

專書

《聖經和合本》（新北市：聖經資源中心出版）。

Barker, Chris 著，羅世宏譯：《文化研究：理論與實踐》（臺北：五南，2010）。

Linda Nochlin 著，刁筱華譯：《寫實主義》（臺北：遠流出版，1998）。

王祥夫：《人呢，聽說來了？》（臺北：寶瓶文化，2007.03）

王德威：《跨世紀風華：當代小說 20 家》（臺北：麥田出版，2002）。

史鐵生：《命若琴弦──史鐵生小說精選集》（臺北：木馬文化，2004.12）

白先勇：《臺北人》（臺北：爾雅出版，2002.02）。

白先勇：《孽子》（臺北：允晨文化，1990.03）。

白睿文著，李美燕、陳湘陽、潘華琴、孔令謙譯：《痛史：現代華語文學與電影的歷史創傷》（臺北：麥田出版，2016.11）。

石曉楓：《狂歡之聲與冷酷之眼──文革小說中的身體書寫》（臺北：里仁出版，2012.08）。

佛洛伊德著，葉頌壽譯：《精神分析引論・精神分析導論》（臺北：志文出版社，1985.09）。

宋澤萊：《血色蝙蝠降臨的城市》（臺北：前衛出版，

2013.12）。

宋澤萊：《臺灣文學三百年》（臺北：麥田出版，2011.03）。

宋澤萊：《臺灣文學三百年（續集）：文學四季變遷理論的再深化》（臺北：前衛出版，2018.03）。

李奭學：《三看白先勇》（臺北：允晨文化，2008.10）。

汪民安：《文化研究關鍵詞》（臺北：麥田出版，2013.11）。

汪宏倫編：《戰爭與社會：理論、歷史、主體經驗》（臺北：聯經出版，2014.07）。

林啟超等著：《第五屆全國臺灣文學研究生學術論文研討會論文集》（臺南：國立臺灣文學館，2008）。

段玉裁：《說文解字注》（臺灣：頂淵文化，2008）。

紀大偉：《正面與背影：臺灣同志文學簡史》（臺南：國立臺灣文學館，2012.10）。

胡亞敏：《敘事學》（臺中：若水堂，2014.02）。

翁鬧著，黃毓婷翻譯：《破曉集》（臺北：大雁出版基地，2013）。

袁良駿：《白先勇論》（臺北：爾雅出版，1991.06）

張小虹：《怪胎家庭羅曼史》，（臺北：時報出版，2000.03）。

許俊雅：《日據時期臺灣小說選讀》（臺北：萬卷樓，1998）。

許俊雅：《日治時期臺灣小說選讀》（臺北：萬卷樓，2003）。

許俊雅：《低眉集：臺灣文學／翻譯、遊記與書評》（臺北：新銳文創，2012）。

陳正芳：《魔幻現實主義在臺灣》（臺北：生活人文社，2007.05）。

參考書目

陳芳明、范銘如編:《跨世紀的流離:白先勇的文學與藝術國際學術研討會論文集》(臺北:印刻出版,2009.07)。

陳芳明:《很慢的果子:閱讀與文學批評》(臺北:麥田出版,2015)。

陳芳明:《現代主義及其不滿》(臺北:聯經出版,2013)。

陳芳明:《殖民地摩登:現代性與臺灣史觀》(臺北:麥田出版,2011)。

陳芳明:《臺灣新文學史》(臺北:聯經出版,2011.10)。

陳建忠:《走向激進之愛:宋澤萊小說研究》(臺中:晨星出版,2007.11)。

陳國偉:《想像臺灣——當代小說中的族群書寫》(臺北:五南出版,2007.01)。

陳藻香、許俊雅編譯:《翁鬧作品選集》(彰化縣:彰化縣立文化中心,1997)。

曾秀萍:《孤臣‧孽子‧臺北人:白先勇同志小說論》(臺北:爾雅出版,2003.04)。

程正民:《巴赫金的文化詩學研究》(北京:中國社會科學出版社,2017.03)。

黃碧雲:《七宗罪》(臺北:大田出版社,1997)。

楊雅儒:《人之初‧國之史:二十一世紀臺灣小說之宗教修辭與終極關懷》(臺北:翰蘆圖書,2016.07)。

雷蒙‧塞爾登、彼得‧維德生、彼得‧布魯克合著、林志忠譯:《當代文學理論導讀(第四版)》(臺北:巨流出版,2005.08)。

廖炳惠:《關鍵字200》(臺北:麥田出版,2003.09)。

劉禾：《跨語際實踐：文學，民族文化與被譯介的現代性》（中國：生活‧讀書‧新知三聯書店，2008.03）。

戴厚英：《人啊，人！》（香港：香江出版，1985.12）。

期刊

山口守：〈白先勇小說中的現代主義──《臺北人》的記憶與鄉愁〉，《臺灣文學學報》第十四期（2009.06），頁1-18。

王君琦：〈在影史邊緣漫舞：重探《女子學校》、《孽子》、《失聲畫眉》〉，《文化研究》第二十期（2015.03），頁11-52。

王志弘：〈臺北新公園的情慾地理學：空間再現與男同性戀認同〉，《臺灣社會研究季刊》第二十二期（1996.04），頁195-218。

王明珂：〈集體歷史記憶與族群認同〉，《當代》91期（1993.11），頁6-19。

朱偉誠：〈性別流行之後的臺灣性別與同志運動〉，《臺灣社會研究季刊》第七十四期（2009.09），頁419-424。

朱偉誠：〈建立同志「國」？朝向一個性異議政體的烏托邦想像〉，《臺灣社會研究季刊》40期（2000.12），頁103-152。

朱偉誠：〈國族寓言霸權下的同志國：當代臺灣文學中的同性戀與國家〉，《中外文學》36卷1期（2007.03），頁67-107。

朱偉誠：〈臺灣同志運動的後殖民思考──論「現身」問題〉，《臺灣社會研究季刊》第三十期（1998.06），頁35-62。

朱惠足：〈「現代」與「原初」之異質交混：翁鬧小說中的現代主義演繹〉，《臺灣文學學報》第 15 期（2009.12），頁 1-32。

朱菊香、方維保：〈論戴厚英的小說創作〉，《海南師範大學學報（社會科學版）》第 23 卷第 4 期（2010.04），頁 26-29。

余慧玲：〈信仰之光照亮美麗旅途——簡論史鐵生《命若琴弦》的人生哲理〉，《牡丹江師范學院學報》（2013：04)，頁 29~31。

吳叡人：〈福爾摩沙意識形態——試論日本殖民統治下臺灣民族運動「民族文化」論述的形成（1919-1937）〉，《新史學》十七卷二期（2006.06），頁 127-218。

李癸雲：〈重構創傷經驗的書寫療癒：臺灣女詩人江文瑜〈木瓜〉詩之慰安婦形象再現〉，《臺灣文學學報》32 期（2018.06），頁 1-22。

李彡：〈初探臺灣公共電視節目產製制度對公眾的想像與實踐——從孽子修剪事件談起〉，《廣播與電視》第二十三期（2004.07），頁 75-102。

李鴻瓊：〈創傷、脫離與入世靈恩：宋澤萊的小說《血色蝙蝠降臨的城市》〉，《中外文學》30 卷 8 期（2002.01），頁 217-250。

林芳玫：〈談戀愛的百萬種心法——臺灣言情小說書寫與發展〉，《聯合文學》第 371 期，頁 48-53。

林姵吟：〈沉默的她者——重探呂赫若，龍瑛宗與翁鬧作品中的女性角色〉，《現代中文文學學報》10 卷 2 期（2011.12），頁 60-73。

邱貴芬：〈「在地性」的生成：從臺灣現代派小說談「根」與「路徑」的辯證〉，《中外文學》第 34 卷第 10 期（2006.03），頁 125-154。

侯麗貞：〈黃碧雲小說中的國族寓言〉，《問學集》11 期（2002.06），頁 183-206。

柯慶明：〈臺灣「現代主義」小說序論〉，《臺灣文學研究集刊》創刊號（2006.02），頁 27-60。

紀大偉：〈情感的輔具：弱勢，勵志，身心障礙敘事〉，《文化研究》第 15 期（2012.09），頁 87-116。

紀大偉：〈污名身體——現代主義、身心障礙、鄭清文小說〉，《臺灣文學研究學報》第 16 期（2013.04），頁 49-83。

紀大偉：〈身心障礙，科技，文學〉，《臺灣學誌》第 11 期（2015.04），頁 117-121。

徐天佑：〈《臺北人》休閒娛樂之探討〉，《旅遊健康學刊》第 10 卷第 1 期（2011.12），頁 1-24。

張小虹：〈同志情人‧非常慾望：臺灣同志運動的流行文化出擊〉，《中外文學》25 卷 1 期（1996.06），頁 2-25。

張建波：〈理想‧幻想‧冥想‧思想——史鐵生創作的精神軌跡探析〉，《東岳論叢》（2012：09)，頁 53-59。

張靜茹：〈理想與現實的衝突——論白先勇筆下「臺北人」的挫折應對之道〉，《中國現代文學理論季刊》第 13 期（1999.03），頁 122-145。

張蘇：〈《七宗罪》中的宗教文化解讀〉，（考試周刊，2012）。

張艷梅：〈在底層點亮一盞倫理的燈火——王祥夫小說論〉，

《文藝理論與批評》（2010：03），頁 81-87。

許秦蓁：〈租界區的殖民地——新感覺派作家筆下的城/鄉〉，《育達研究叢刊》第一期（2000.10），頁 120-132。

陳冠勳：〈放逐與游牧-談孽子的空間景象與身體書寫〉，《世新中文研究集刊》第九期（2013.07），頁 217-248。

陳彥旭：〈隱喻、性別與種族—殘疾文學研究的最新動向〉，《外國文學動態》（2010：6），頁 56-57。

陳思齊：〈重新拼湊的「人」〉，《儒學研究論叢》第十輯（2019.06），頁 43-54。

陳雀倩：〈新時期文學電影與文學作品表意結構的殊軌——比較史鐵生〈命若琴弦〉與陳凱歌《邊走邊唱》的敘事意義〉，《中國現代文學》19 期（2011：06)，頁 191-213。

陳慶艷：〈論中國文學作品中殘疾人形象的流變〉，《名作欣賞》（2013：23），頁 150-151。

陳儒修：〈電影《孽子》的意義〉，《臺灣文學學報》第十四期（2009.06），頁 125-138。

曾秀萍：〈流離愛欲與家國想像：白先勇同志小說的「異國」離散與認同轉變（1969~1981）〉，《臺灣文學學報》第十四期（2009.06），頁 171-204。

黃心雅：〈創傷與文學書寫〉，《英美文學評論》20 期（2012.06），頁 V-XI。

黃心雅：〈廣島的創傷：災難、記憶與文學的見證〉，《中外文學》30 卷 9 期（2002.02），頁 86-117。

黃啟峰：〈主觀的真實——論臺灣現代主義世代小說家的國共內戰書寫〉，《臺灣文學研究學報》第十九期（2014.10），

頁 9-49。

黃涵榆：〈有關災難、邪惡與救贖的一些唯物神學的思考──讀宋澤萊的《血色蝙蝠降臨的城市》、《熱帶魔界》〉，《中外文學》41 卷 3 期（2012.09），頁 13-49。

黃毓婷：〈東京郊外浪人街──翁鬧與一九三〇年代的高圓寺界隈〉，《臺灣文學學報》第 10 期（2007.06），頁 163-196。

黃裳裳：〈人性的自省──戴厚英論〉，《文藝理論研究》（1998.06），頁 19-23、85。

黃儀冠：〈性別符碼、異質發聲──白先勇小說與電影改編之互文研究〉，《臺灣文學學報》第十四期（2009.06），頁 139-170。

黃錦樹：〈從戀屍癖大法官到救世主──論附魔者宋澤萊的自我救贖〉，《臺灣文學學報》3 期（2002.12），頁 53-79。

楊雅儒：〈啟示與傳道、天國與家國──論宋澤萊中／長篇小說之《聖經》詮釋與文學價值〉，《臺灣文學研究學報》二十四期（2017.04），頁 69-109。

楊增宏：〈戴厚英小說語言風格〉，《阜陽師範學院學報（社會科學版）》第 3 期（2003.03），頁 57-58。

葉德宣：〈從家庭授勳到警局問訊──《孽子》中父系國／家的身體規訓地景〉，《中外文學》30 卷 2 期（2001.07），頁 124-154。

葉德宣：〈陰魂不散的家庭主義魑魅──對詮釋《孽子》諸文的論述分析〉，《中外文學》24 卷 7 期（1995.12），頁 66-88。

賈玉紅：〈殘疾意識和人類情感──重讀史鐵生〉，《固原師專

學報》第 26 卷第四期（2004：07），頁 29。

廖淑芳，〈國家想像、現代主義文學與文學現代性——以日據時期臺灣作家翁鬧為例〉，《北臺國文學報》2 期（2005.06），頁 129-168。

劉晰：〈迷失中的不同軌跡——評戴厚英《人啊！人》中的知識分子形象〉，《文藝理論研究》第 33 卷第 1 期（2016.02），頁 112-114。

劉慧珠：〈臺灣成人版的哈利波特：評宋澤萊《血色蝙蝠降臨的城市》〉，《文訊》232 期（2005.02），頁 30-32。

劉霞雲：〈戴厚英《人啊！人》的文體選擇與文學反思〉，《南京師範大學文學院學報》第 3 期（2015.09），頁 7-14。

盧敏芝：〈火紅年代的溫柔與暴烈——論黃碧雲作品中的歷史、左翼與本土性〉，《中國現代文學》27 期（2015.06），頁 209-224。

盧傑：〈生命靈魂的守護者——從史鐵生文學作品中感悟生命的意義〉，《黑龍江教育學院學報》（2010：11），頁 112-113。

蕭義玲，〈禁忌與創造——六〇年代現代主義文學的興起〉，《幼獅文藝》第 739 期（2015.07），頁 34。

龍應台：〈淘這盤金沙——細評《孽子》〉，《新書月刊》第六期，1984。

謝予騰：〈《血色蝙蝠降臨的城市》中正邪的反思——以敘事學角度分析〉，《中正臺灣文學與文化研究集刊》第九期（2011.12），頁 83-101。

謝虹光：〈王祥夫短篇小說藝術試探〉，《山西廣播電視大學學

報》（2011：01），頁 87-88。

蘇偉貞，〈為何憎恨女人？：《臺北人》之尹雪艷案例〉，《臺灣文學學報》第十四期（2009.06），頁 77-106。

專書論文

留婷婷：〈從〈父後七日〉到《父後七日》：論劉梓潔文學及電影之間的媒介轉譯與再現比較〉，翁誌聰編《區域研究與臺灣文學—第十一屆全國臺灣文學研究生學術研討會論文集》（臺南：國立臺灣文學館，2015），頁 108-131。

曾秀萍：〈從「臺北人」到「雙城記」：《孤戀花》的城市再現、性別政治與家園想像〉，輔仁大學藝術學院編《第五屆國際青年學者漢學會議：表演與視覺藝術領域中的漢學研究》（臺北：輔仁大學，2007），頁 133-153。

學位論文

王吉仁：《宋澤萊小說中的「異象」與「現象」研究》（嘉義：國立中正大學臺灣文學研究所碩士論文，2009）。

王幸華：《日治時期臺灣新文學之醫病書寫研究》（臺中：東海大學中文系博士論文，1997）。

何玥臻：《從驅魔到入魔──黃碧雲小說中的鬼魅書寫(1986-2011)》（臺北：淡江大學中國文學系碩士論文，2014）。

杉森藍：《翁鬧生平及新出土作品研究》（臺南：國立成功大學臺灣文學研究所碩士論文，2007）。

邱幗婷：《魔幻現實主義與當代臺灣小說—以宋澤萊為例》（臺北：淡江大學中國文學學系碩士論文，2002）。

侯麗貞：《香港‧政治‧媚行者──黃碧雲小說研究》，（淡江

大學中國文學學系碩士論文，2002）。

洪碩鴻：《論臺灣小說的廢人敘事》（桃園：元智大學中國語文學系碩士論文 2014）。

洪鵬程：《臺灣農民小說發展研究（一九二〇～一九九〇年代）》（臺北：中國文化大學中國文學系博士論文，2014）。

徐怡雲：《電視劇的社運敘事語藝與能動潛力——以公視《孽子》為例》，（臺北，國立臺灣大學戲劇學研究所學位論文，2011）。

高幸佑：《日治時期臺灣小說中的女性形象》（高雄：國立中山大學中國文學系碩士論文，2015）。

陳秀玲：《後二二八世代療傷進行式：臺灣小說的「創傷記憶」與「代際傳遞」》（新竹：國立清華大學臺灣文學研究所博士論文，2019）。

楊淳淳：《黃碧雲小說研究》，（臺北：國立臺灣師範大學國文學系在職進修碩士班碩士論文，2010）。

劉旻琪：《從《血色蝙蝠降臨的城市》談宋澤萊的佛教觀》（新竹：國立交通大學客家社會與文化學程碩士論文，2016）。

鄭千慈：《崩解的自我——現代主義、畸零人與戰後臺灣鄉土小說》，（臺北：淡江大學中國文學系碩士論文，2004）。

鄭尹真：《饕餮之相》，（臺北：臺北藝術大學劇場藝術研究所表演組碩士論文，2008）。

鄭婉茹：《宋澤萊小說中的現實關懷研究》（臺南：國立臺南大學國語文學系碩士論文，2012）。

簡瑩萱：《崩毀與重建——戴厚英小說的創傷書寫》，（桃園：

元智大學中國語文學系碩士論文,2014)。

其他

曹瑞原導:《孽子》電視劇,(2003)。

曹瑞原導:《一把青》電視劇,(2015)。

各章出處

第一章　重探日治時期小說家翁鬧：聚焦於底層書寫與現代主義
〈重探臺灣日治時期小說家翁鬧：聚焦於底層書寫與現代主義〉，《國文天地》383 期（2017.04），頁 86-91。

第二章　白先勇〈一把青〉小說與電視劇的懷舊書寫與文本轉譯
〈論白先勇〈一把青〉小說與電視劇的懷舊書寫與文本轉譯〉，《中正臺灣文學與文化研究集刊》第 18 輯（2017.03），頁 4-22。

第三章　白先勇《孽子》文獻回顧再探討：兼論文本轉譯與電影敘事
〈白先勇《孽子》文獻回顧再探討：兼論其文本轉譯的敘事策略（上）〉，《中國語文》712 期（2016.10），頁 59-68。

〈白先勇《孽子》文獻回顧再探討：兼論其文本轉譯的敘事策略（下）〉，《中國語文》712 期（2016.11），頁 69-77。

〈電影《孽子》的回家之路〉，《中國語文》765 期（2021.03），頁 110-117。

第四章　魔幻的災難，然後救贖：宋澤萊《血色蝙蝠降臨的城市》之創傷敘事
〈魔幻的災難，然後救贖：論宋澤萊《血色蝙蝠降臨的城市》之創傷敘事〉，收錄於《第二十四屆臺灣文學家牛津獎

暨宋澤萊文學學術研討論文集》，（新北：真理大學臺灣文學系出版，2020.11），頁 37-57。

第五章　罪中之最：再探黃碧雲小說《七宗罪》
〈罪中之最：從基督教教義中的「原罪」延續探討黃碧雲小說《七宗罪》〉，《中國語文》707 期（2016.04），頁 101-112。

第六章　文革記憶的眾聲喧嘩：論戴厚英《人啊！人》之論述表現
〈文革記憶的眾聲喧嘩：論戴厚英《人啊！人》之論述表現〉，《國際文化研究》16 卷 1 期（2020.06），頁 1-17。

第七章　健全作家與殘疾作家筆下的中國當代殘疾文學研究──以王祥夫與史鐵生為探討對象
〈健全作家與殘疾作家筆下的中國當代殘疾文學研究──以王祥夫與史鐵生為探討對象〉，《國際文化研究》12 卷 1 期（2016.06），頁 35-53。

國家圖書館出版品預行編目(CIP)資料

現代小說家的創作美學與敘事風景/蔡知臻著. -- 初版. --
臺北市：元華文創股份有限公司, 2025.08
面； 公分
ISBN 978-957-711-454-9 (平裝)
1.CST: 現代小說 2.CST: 小說美學 3.CST: 文學評論
820.9708   114008161

現代小說家的創作美學與敘事風景

蔡知臻　著

發 行 人：賴洋助
出 版 者：元華文創股份有限公司
聯絡地址：100 臺北市中正區重慶南路二段 51 號 5 樓
公司地址：新竹縣竹北市台元一街 8 號 5 樓之 7
電　　話：(02) 2351-1607　　傳　　真：(02) 2351-1549
網　　址：https://www.eculture.com.tw
E-mail：service@eculture.com.tw
主　　編：李欣芳
責任編輯：立欣
行銷業務：林宜葶

排　　版：菩薩蠻電腦科技有限公司
出版年月：2025 年 08 月 初版
定　　價：新臺幣 460 元

ISBN：978-957-711-454-9 (平裝)

總經銷：聯合發行股份有限公司
地　　址：231 新北市新店區寶橋路 235 巷 6 弄 6 號 4F
電　　話：(02)2917-8022　　　　傳　真：(02)2915-6275

版權聲明：

本書版權為元華文創股份有限公司(以下簡稱元華文創)出版、發行。相關著作權利(含紙本及電子版)，非經元華文創同意或授權，不得將本書部份、全部內容複印或轉製、或數位型態之轉載複製，及任何未經元華文創同意之利用模式，違反者將依法究責。

■本書如有缺頁或裝訂錯誤，請寄回退換；其餘售出者，恕不退貨■